W0312733

KATHARINA TIWALD

MACBETH MELANIA

ROMAN

MILENA

Macbeth für Einsteiger

Macbeth, ein Gefolgsmann des schottischen Königs Duncan, kehrt von einer Schlacht heim, in der er sich hervorgetan hat, wie sich Gefolgsmänner so hervortun; unter anderem wurde ein Verräter, der Thane (eine Art Fürst) von Cawdor, beiseitegeräumt.

Bevor Macbeth bei Duncan vorsprechen kann, stellen sich ihm drei Hexen in den Weg und weissagen, dass er nicht nur der nächste Thane von Cawdor werde, sondern irgendwann einmal auch König von Schottland. Und siehe da: Die erste Beförderung wird gleich von Duncan vorgenommen und bei Macbeths zuhause in der Gegenwart des Chefs gefeiert. Lady Macbeth meint, dass die Karriereleiter auch schneller erklommen werden könne – schließlich hatten die Hexen im ersten Fall ja recht! –, und stiftet ihren Mann zum Mord an Duncan an.

Tatsächlich wird der Mörder Macbeth König von Schottland, unter anderem deshalb, weil er sein Verbrechen den eigentlichen Thronfolgern anhängen kann, Duncans Söhnen, die im Exil ihre Rache plotten. Unterdessen herrscht Terror in Schottland. Nicht nur mutmaßliche Feinde müssen beseitigt werden, sondern auch die Frauen und Kinder der geflohenen Getreuen.

Noch einmal tauchen die Hexen auf und sagen voraus, dass niemand Macbeth werde besiegen können … wenn nicht der Wald von Birnam sich dem Schloss nähere. Ha, denkt Macbeth und wiegt sich in Sicherheit. Wie soll sich ein Wald einem Schloss nähern?

Indem die Gegner die Bäume fällen und als Deckung benutzen. Lady Macbeth ist inzwischen durchgedreht, schrubbt imaginäre Blutflecken aus ihren Gewändern und bringt sich schließlich um. Und der Wald – der kommt näher.

Am Ende ist Malcolm, Duncans Sohn, der rechtmäßige König von Schottland. Er lädt alle Anwesenden zu seiner Krönung ein:

»*So thanks to all at once and to each one,*
Whom we invite to see us crown'd at Scone.«

Gerade durchleben wir eine dunkle Periode, aber das Buch wird zurückkommen.

Hélène Cixous
Interview in der ZEIT
8. August 2019

Für meine Familien
die Herren Urbanek und Mitterlehner
und für Patrik ohne C

Das *Universum* war ein kalter, zugiger Schuppen,
und eine Mischung aus Joker und Clown herrschte über die USA.

Vorbemerkung und Disclaimer:
Obwohl es in unserer Zeit sogar vorkommt, dass Menschen Operationen an ihrem Gesicht nach der Vorlage eines gepimpten Instagrambilds machen lassen, sollte klar sein, dass in einem fiktiven Werk sogar jene Personen, die tatsächlich leben, in einen nicht-wahren, ausgedachten, aus vielleicht wirklichen Begebenheiten gewobenen, aber letztendlich eben fiktiven Kontext gesetzt werden. Ergo haben die Personen, die uns im fiktiven Werk so wirklich scheinen, so bekannt vorkommen, keine Entsprechung im wirklichen Leben, trotz Namensgleichheit. Alles klar?

I WIEN, NUR DU ALLEIN

IN SEINEM KÖRPER VEREINTE Michael Knutkovsky das alte Ostpreußen, aus dem die Weltgeschichte und somit mehrere irre Männer inzwischen Kaliningrad gemacht hatten, und Wiener Blut, das auch einmal einen Stammbaum gehabt hatte und in einer Vorzeit, die noch nicht besonders grau war, dem Führer nach Berlin gefolgt war. Knutkovsky hätte gerade dort, in Berlin, dem buntesten Hund Europas, selbstverständlich auch das »von« im Namen führen können, verzichtete aber darauf und ließ sich »Mike« nennen; er fand, dass das würdige Tragen von Polohemden mit Krokodilchen drauf und der ab und zu notwendige Griff zur Krawatte genügten, obwohl die Welt ja immer lockerer wurde und Mike mit ihr. Dass er wusste, wann Hemd und Krawatte angesagt waren und wann man sich erlauben konnte, offenen Kragen zu tragen, wann Polo: das war sein Adel. Und obwohl er in einer Branche arbeitete, in der die Krokodile nicht nur nett am Leibchen hingen, machte er meistens sein Wahlkreuz bei der SPD, ganz wider jegliche Küchensoziologie.

So. Und dann war ihm das passiert.

Er war (zumindest seinem Gefühl nach) aus Deutschland rausgeschmissen worden, nachdem sich eine gewisse Simone, die einen leichten Unterbiss – an Keira Knightley hatte sie ihn erinnert, aber so schön war selbst die nicht, bei genauerer Betrachtung –, nachdem sich also Praktikantin Simone – so viel Schneid hätte er sich gewünscht mit Anfang zwanzig – bei der Geschäftsleitung eines marktführenden Businessberatungskonzerns über seine, Mikes,

»Übergriffe« beschwert hatte: Seitdem hingen die Worte »Unterbiss« und »Übergriff« in seinem Kopf zusammen wie in der Hölle Pech und Schwefel. Dabei hatte er diese Simone hofiert, sanft mit ihr geschäkert, ihr die Türen aufgehalten, sie zum Essen eingeladen und schließlich ins Kino, wo er sich daran erinnert hatte, dass er keine fünfzehn mehr war und Simone nicht vierzig; er hatte ihre hinter der Popcorntüte höflich verborgene Langeweile gespürt (warum schleppt man auch eine Fünfundzwanzigjährige mit Bachelor in Gender Studies und Politikwissenschaft in ein Superhelden-Abenteuer?) Es war ihm nichts anderes übrig geblieben, als die Peinlichkeit mit einem aktiveren Vorstoß in zwischenmenschliche Gefilde zu übertünchen, er wollte ja nicht als Loser dastehen, und dann hatte er den Salat gehabt. »Knutschkovsky« hatten sie ihn genannt, überall in Deutschland, wo er Fuß zu fassen versuchte. Die Branche kannte ihn, leider.

»Knutschkovsky, sei mir nicht böse, aber die Sache hat zu viel Staub aufgewirbelt. In einem Jahr vielleicht …«

Jetzt war er eben in Wien, wo deutsche Zeitungen nicht einmal online gelesen wurden; Tante Betti, eine Tochter der einzigen Person aus dem Clan, die während der Hitlerei standhaft geblieben (und aus Mauthausen zurückgekommen) war, hatte hilflos die Hände gehoben, gesagt, dass sie die jungen Frauen auch nicht mehr verstehe, und ihm einen Job bei der SPÖ vermittelt.

Als er das *Universum* aufsperrte, stieg ihm wie immer der Geruch in die Nase, der aus dem letzten Jahrhundert aufzusteigen schien, eine Mischung aus Altmetall, Staub und – natürlich – Kapuzinergruft. Was klar war: Das ist nun mal der Duft einer ehemaligen Eisenwarenhandlung, die das Inhaberpärchen (InhaberInnenpärchen) bei der Pensionierung mulmig in die Zukunft, ins aktuelle Jahrtausend entlassen hat. Wissend, dass der Einzelhandel keine

Chance mehr hat. Dass große, alte Verkaufslokale in Erdgeschoßen dazu verdammt sind, Sportwettlokale zu werden oder zu verrotten. Nicht mit mir, hatte die Bezirksvorsteherin gesagt und einem in Österreich noch nicht abgehalfterten Communication expert aus Deutschland den Raum als zu gestaltenden Theaterraum angeboten/umgehängt; »a bissl a Förderung«, hatte sie gesagt, werde sie schon aufstellen ... sie war eine Du-Freundin von Tante Betti. Immerhin war Mike Knutkovsky dezidiert zur Imagepflege der großen Mutterpartei angeheuert worden und konnte selbiges auch auf Bezirksebene tun – »Sichtbarkeit, Mike! Sichtbarkeit! Auch für die kleinen Leut!«, der Partei gehörte selbstredend die Bezirksvorsteherin an, und so griff eine gepflegte Hand in die andere. Zuhause notierte er sich derart erschöpft, dass er nicht einmal die Lust auf ein Bier hinbekam, diesen unreinen Reim in ein bis auf Doodles völlig leeres Notizbuch: *Sichtbarkeit. Auch für die kleinen Leut.*

»Mögest du in interessanten Zeiten leben«, jaja, der chinesische Fluch; aber, so Mikes Gedankengang, solange er in einem Miniaturstaat interessante Zeiten erlebte, konnte man eigentlich nicht von einem Fluch sprechen. Das kleine Österreich, dieses angebissene Schnitzel inmitten Europas, dieser deutsche Wurmfortsatz mit dem niedlichen Dialekt, stand nämlich nach einem verfilmungswürdigen Bundespräsidentschaftswahlkampf mit Einspruch und Neuwahl und Kopf-an-Kopf und Aufregung, als ginge es um den Erzengel Raphael gegen Luzifer (man stelle sich vor, dachte Mike mit einer Mischung von Wehmut und Ärger, die Wichtigkeit eines Postens wie diesem, Präsident eines Schnitzels ...) – kurz, nach diesem Hofburg-Trara stand das Land nun vor dem nächsten Match, der Nationalratswahl: Und da war ein schmalbrüstiger, slimfittragender Junge, der sich noch vor wenigen Jahren mit einem »Geilomobil« gleichzeitig lächerlich und wichtig gemacht hatte, knapp davor, die Grand Old Party, die seit Jahrzehnten in der Koalition vertreten war, umzukrempeln. Alle, die ihre Hoffnungen an den Jüngling gehängt hatten wie den Jesus an die Wand, erwarteten sich wohl, dass bei diesem Wendeakt aus einem Trachtenjanker ein Armani-Sakko würde.

Der österreichische Wahnsinn ließ sich schon allein an dem irrwitzigen Namen ablesen, den die Leser der Bezirkszeitung in einem Mehrheitsvotum der verschrotteten Eisenhandlung verpasst hatten; und die Bezirksvorsteherin, ließ Mike bei sich Revue passieren, hatte verzückt in ihre beringten Hände geklatscht und »Universum« auch noch supertoll gefunden.

»Sicher manikürte Nägel«, sagte später die Tiwald, »ganz konservativ kirschrot. Oder French nails, bei denen die knallweißen Ränder so seltsam wegstehen, dass man ein bisschen nach Alien aussieht. Ich hab ja keine schönen Nägel. Die sind so mini. Deswegen kommt da auch nie Farbe rauf. Wie würd das ausschauen, kleine bunte Fleckchen auf Wurstelfingern? Ich kann blind tippen, ich muss mir bei der Arbeit meine Nägel nicht einmal anschauen.«

Inmitten der Testosterongefilde, als die sich die österreichische Politik darstellte, waren ironischerweise eine Menge Frauen in Mikes Leben getreten, obwohl der Parteichef natürlich ein Mann war, genauso wie ein Großteil seiner Entourage. Da war zunächst die bereits erzählte Vorsteherin des Bezirks, in dem er abgestiegen war, Tante Bettis Freundin.

Diese Dame, ein, wie Mike sie gegenüber deutschen Freunden beschrieb, *Schlachtross mit Stahlfrisur*, hatte ihm nicht nur angetragen, das *Universum* zu übernehmen, das neue Aushängeschild des Bezirks – »ein Veranstaltungsort erster Sahne«, sagte Mike ironisch zu seinen Freunden –, sondern ihm auch eine weitere Dame ans Herz gelegt, und zwar eine schreibende.

»Nimm«, hatte sie gesagt, »die Tiwald. Die wohnt auch im Bezirk. Der Urbanek kennt sie. Hör dir an, was sie für Ideen hat. Wir wollen keine hirnlosen Wirtshauskomödien und nichts, wo alle über fünfundzwanzig geistig aussteigen. Ein elegantes Dazwischen. Am Puls der Zeit. Der Urbanek hat einmal irgendwas von ihr im Bunker aufgeführt. Mit Schülern. Neu. Heutig. Die grüne Bezirksrätin hat gesagt, das war nicht schlecht. Frag sie!«

Also hatte er die Tiwald getroffen, eine nicht unschöne Frau, die seinem Alter deutlich näher war als der Unterbiss aus München, zwar mit einem Hintern ausgestattet, der, dachte Mike in einem ersten Anflug, fast ein schwarzer Hintern war, aber er verbiss sich den Gedanken, und nicht einmal seine Freunde, die er über das Schlachtross informiert hatte, bekamen ihn jemals zu hören. Die Tiwald hatte irgendeine Verbindung zum, ja, das lief so in Wien, Direktor des Bezirksmuseums, einem gewissen Urbanek, und das fand Mike so witzig in Wien: Dem Urbanen wird immer was Neckisches angehängt.

Den Urbanek hatte er auch schon einmal getroffen. Im Bunker. Der Urbanek hielt nämlich einen aus dem Zweiten Weltkrieg stammenden Bunker instand, er hatte dort ein Museum eingerichtet und Mike auch bald hinabgezogen in dieses kalte Memento mori. Hätte Mike Nein sagen können? Nein. Man ist nicht quasi links und gibt dann zu, klaustrophobisch zu sein, wenn man einen Bunker aus dem Zweiten Weltkrieg besichtigen soll.

Obwohl Mike als hartgesottener Kommunikationsexperte mit geisteswissenschaftlichem Migrationshintergrund wirklich einiges gesehen hatte, ging ihm für Stunden nach seinem Auftauchen aus der Unterwelt ein Foto nicht mehr aus dem Kopf, das in der Bunkerfeuchte gleich bei den Stufen gehangen war: Aus dem Ersten Weltkrieg, ein lebender Mann, und der Unterkiefer fehlte einfach, fehlte. En face. Im Profil. Ein Loch, wo Mensch war.

Über die knappe Dreiviertelstunde, die der Urbanek ihn unter der Erde gehalten hatte, rettete Mike sich durch die gedankliche Hingabe an das Weltkriegsthema und die Frage, warum ihn dieses Foto so verstörte: Es war, so schloss er, der überlebt Habende, der nicht wie im Film Niedergemetzelte, nein, es war der, der lebte und noch lange lebte, in einem Zustand, der nicht sein darf.

Die Tiwald war aber die Sorte Frau, die Mike nach einer Stunde angeregten Gesprächs wie nebenbei die Tür zum leichten Geständnis aufgemacht hatte. Die war so. Die schaute einen durch vertrauenserweckende Brillengläser mit ihren blauen Äuglein an – Riesenaugen, nur durch die Gläser zu kleinen Äuglein geschrumpft –, und zack, man erzählte ihr Sachen. Einfach so. Im Wissen, dass sie eine Schreiberin war. Und wie ein Korken aus dem Flaschenhals ploppt, wenn die Kohlensäure zu sehr drängt, gab Mike zu, dass er sich nur gegen den Widerstand grauenhafter Klaustrophobie zur Bunkerbesichtigung hatte drängen lassen. Plopp, es war heraußen, und die Tiwald lächelte und tätschelte ihm den Unterarm, aber so, dass es gut war. Wie eine Krankenschwester. Eine sympathische Krankenschwester, der man sich anvertrauen möchte. Fast sexy. Sexy Anvertrauen.

Leider war die Tiwald aus von Mike noch nicht erforschten Gründen seit über einem Jahrzehnt mit einem Mann zusammen, der fast genau zwanzig Jahre älter war als sie selbst, und die beiden schienen zusammenzuhalten wie Unterbiss und Übergriff, aber gut, auch dieser Gedanke war wieder in sich übergriffig, und so edierte Mike: Die hielten zusammen wie Pech und Schwefel, die Tiwald und ihr Typ.

Alfred hieß der.

»Der mit den Elfen redet«, sagte die Tiwald und lächelte.

Da war kein Keil hineinzutreiben.

Die Tiwald war auf den ersten Blick eines Communication experts irgendwie ein gescheitertes Exemplar Mensch; sie schrieb zwar ab und zu eine Rezension für eine große Tageszeitung, hie und da lief ein Text von ihr auf Ö1; sie hatte eine Anzahl von Stücken geschrieben, die allerdings nie über Kleinbühnen hinausgekommen waren, ihr bisher einziger Roman war in einem Verlag erschienen, der keine Romane mehr verlegte, weil sich das alles mit Büchern nicht mehr lohnte, dafür war der Verlag das größte Medienhaus Österreichs, aber das hatte der Tiwald auch nichts gebracht. Mike war sich sicher, dass nur eine Handvoll Menschen, die nicht mit ihr verwandt oder befreundet waren, jemals etwas von der Tiwald gehört hatten. »Um das geht's nicht«, hatte die Tiwald gesagt und sicher nicht wirklich so gemeint, als er sie darauf angesprochen hatte, aber gut. Ihre neue Idee war auf jeden Fall aufregend genug, um sie für eine Inszenierung durchzudenken. Und Mike Knutkovsky beriet ja auch nur die Hinterbänkler in der Partei und keineswegs den Vorsitzenden.

II DIE IDEE

»Melania«, sagte die Tiwald und goss wie bei jedem Treffen mit dem Kaffeelöffel ein paar Schluck Wasser in ihren Verlängerten, »Melania Trump.«

Es war Frühsommer, und es klang gut, wie die Tiwald von der Trump'schen Angelobung erzählte, von der großen Kälte, die von dem Orangenkopf und seiner Angetrauten ausgegangen war, von Melania, in deren Blicken die Tiwald, während sie die Zeremonie online verfolgt hatte, eine offenkundige Trauer gesehen haben wollte. »Das hat das Ausmaß einer Tragödie«, sagte die Tiwald und zog eines von den Schulheften hervor, in das sie ihre Gedanken verteilte; sie hatte sich ein paar Notizen gemacht, ein paar Internetseiten notiert, Memes ausgedruckt und eingeklebt, einen Verweis auf eine loopartige Aufnahme des einen Augenblicks während der Angelobung, da Melania in einem Ausdruck der Trauer zu Boden blickte, als hätte sie gerade vom Tod eines geliebten Menschen erfahren (man könnte sich sicher sein, dass dieser Mensch nicht Donald wäre, sagte die Tiwald und klang gescheit). Dieser Loop war im Internet auf- und abgespielt worden. Alle Welt hatte Mitleid mit Melania Trump, die so fertig aussah bei der Angelobung. Wie bei einer Beerdigung. Das Notizheft der Tiwald sah aus wie Garfield nach einem Intensivwaschgang.

Mike hörte sich das an und nickte.

»Es hat mal ein Stück gegeben über die Hannelore Kohl«, sagte die Tiwald, »das hab ich zwar weder gesehen noch gelesen, es ist ja hier nicht gelaufen, aber ich hab damals Rezensionen gelesen, ist schon ewig her. Sie hat eine Lichtallergie gehabt. Hat angeblich das Haus nicht mehr verlassen können. Und dann ging es in einem Monolog um ihre letzte Stunde oder so. Sehr dunkel. Auch sehr langsam. Die Rezensionen waren, wenn ich mich richtig erinnere, nicht so großartig. Na ja. Das ist ja immer die Stolperfalle bei den Politikergattinnen: Was tun sie? Vor allem, wenn sie nicht berufstätig sind? Ikebanakurse? Kunst anschauen? Und wenn sie nichts tun: Wie stellt man das dar, diese Leere, diese Trauer, die Depression? So, dass nicht nichts ist? Und warum ist überhaupt Seiendes und nicht vielmehr Nichts? Wir nehmen nix mit hinüber ins Grab. Nix. Warum ist überhaupt irgendwas?«

Die Tiwald nahm gekünstelt untheatralisch ausschauend einen Schluck Kaffee.

Mike nickte wieder. Der ungewollte Nebenjob, aus einer alten Eisenwarenhandlung ein *Universum* zu machen, hatte ihn zusätzlich erschöpft, noch Erschöpfung auf Erschöpfung geschichtet. Der Vorsitzende der Partei, die ihn angeheuert hatte, war nicht unbedingt unfordernd. Der Mann hatte einen Riecher für geschickte Selbstdarstellung, war ein guter Rhetoriker und wollte, dass Mike Knutkovsky dasselbe aus den Hinterbänklern der Partei machte. »Ein Deutscher«, hatte es geheißen, »traut sich zu sagen, was ein Österreicher nur durch die Blume sagt. Und ich will kein ›Schauma einmal‹, ich will ein ›So geht das‹. Da sind die Berliner verlässlicher. Die Wiener kannst vergessen.«

(Mike hatte dem Vorsitzenden trotzdem durch die rote Nelke zu verstehen gegeben, dass er *einen* der teuren Berater gut zwischen der Entourage verbergen sollte; auch innerhalb der eigenen WählerInnenreihen käme es nicht so gut, wenn durchsickern würde, dass ausgerechnet ein Israeli um viel Geld angeheuert worden war – »Ich weiß, dass die Österreicher Antisemiten sind«, hatte der Vorsitzende schulterzuckend gesagt und die Hinterbänkler in Mikes Hände gelegt, der seitdem potenzielle Facebook-Postings gegenlas, sich eventuelle Redebeiträge anhörte, Zusammenhänge andeutete und sich sogar zu Stylingtipps verstieg.)

Kurzum, das Polittheater hätte Mike eigentlich gereicht, aber er war schultheater- und unitheatererfahren genug, hatte während seiner Ausbildung genug Theatervolontariatsluft und Theaterhospitanzluft geschnuppert, um das Theater ein bisschen zu lieben, obwohl er die Totalität der Sinnlosigkeit eines theatralen Unterfangens als Communication expert natürlich zu hundert Prozent durchschaute. Die Griechen und ihre Katharsis, jaja, die Gesellschaft und ihr Theater, damals hatte es eben noch kein Netflix und kein Hollywood gegeben. Gesellschaftliche Katharsis im 21. Jahrhundert, Schaustück 1: Happy End wider alles bessere Wissen; Schaustück 2: Superheld rettet die Welt; Schaustück 3: Jegliche Politik ist korrupt, Verschwörungen reichen bis ins Weiße Haus, und »einer von uns« räumt auf. Mehr geht nicht. Noch mehr, und alle schalten ab.

Trotzdem. Ein Teil von ihm war ein bisschen ein Träumer. Er liebte ja das Theaterhafte an der Kommunikation, das Inszenieren, die Vorhänge, die Auftritte, die effektvollen Abgänge, die Outfits, die Beleuchtung, ja, das liebte er.

Melania. Das *Universum*.

Er hätte sich sonst in die Psychiatrie saufen können oder ins Jenseits jagen nach Jahren von Sonntagsessen bei Mama und Papa und einsamen Tinder-Dates.

So kam er sich vor: Er konnte sich die Scheiße von den Schuhen wischen, in die er in Deutschland getreten war, weil er sich diese Liebe holen konnte, die Zuneigung von irgendwelchen Bezirksvertretern und dem eifrigen Fußvolk, das auf niedrig angesiedelter Ebene herumschwirrte. Er konnte sich Liebe holen, weil dieses Wien nicht nur aus der Parteizentrale bestand und dem Gefühl einer gewissen Duldung – schließlich war er nicht ohne Nepotismus in Wien gelandet, der Hauptstadt der Freunderl, die ihre Netze in ganz West- und Mitteleuropa aufgespannt hatten, das heißt, die Leistungserwartung war nicht burnoutleveldrohend, es reichte schon zu sagen: Ich bin einer von diesem Beraterkonzern –, nein, dieses Wien hatte ein *Universum*, und es roch darin vertraulich nach einer Vergangenheit, die sich Mike, ein Kind der Achtziger, manchmal zurückwünschte, und im *Universum* war auch schon eine Bühne eingebaut, weil der Urbanek auf Anweisung der Bezirksvorsteherin Leute organisiert hatte, die getragen, gesägt, gezimmert und getischlert hatten; es roch schon nach was, es roch ein bisschen nach Zukunft; und dann war da diese Tiwald, die von Melania redete, und eigentlich war Mike auch irgendwie entsetzt vom Lauf der Welt und freute sich darauf, eine Tragödie über Melania Trump zu inszenieren. Obwohl er wusste, dass er zum Lauf der Welt schon sein Scherflein beigetragen hatte. Jedes Schäflein trägt sein Scherflein bei. Mäh. Mählania.

III CASTING IDEALER HEXEN

»Ich komm nicht weiter«, sagte die Tiwald und klopfte an ihr Sodaglas. Es war inzwischen Ende Juni, die Sonne heizte ihr Schweiß auf die freigelegten Schultern. »Ich bin ja nicht so die Schreiberin von großen Dramen.«

»Aha«, sagte Mike und runzelte zart die Stirn. Man hätte es bemerken können.

»Mich«, fuhr die Tiwald ungerührt fort, »interessieren eher die Tableaus. So, wie wenn man von Szene zu Szene eine Kamera umstellt und dann draufhält. Tragödien brauchen aber einen dramaturgischen Bogen. Ich will ja nicht sagen, dass ich unerfahren bin, immerhin wär das jetzt mein neuntes Stück. Trotzdem. Drei davon sind Monologe, zwei sind sehr experimentell. Eines heißt ›found footage opera‹ im Untertitel, da geht's um, hm, sagen wir, um die Qualität von Sprache.«

»Du willst mit der Qualität von Sprache in Zeiten wie diesen Leute ins Theater bringen?«, fragte Mike etwas gequält.

Die Tiwald richtete sich auf, der Lucky Luke auf ihrem Muscleshirt spannte sich über ihren oberen Oberkörper, und sie sagte, dass sie nicht auf die Erforschung der Lautlichkeit pfeifen werde, auch wenn man heutzutage darauf achten müsse, dass nicht die Hälfte des Landes hasserfülltes Geifern als normale Redeform zu erachten begänne, »aber die lautliche Ebene«, sagte sie, vorgelehnt, als wolle sie Mike eine Liebeserklärung machen, »wenn ich auf die lautliche Ebene nicht aufpass', dann sind die anderen Ebenen auch wurscht. Inhalt und so. Ohne Laut kein Inhalt.« Sprach's und nippte an ihrem Soda.

»Ja, und was machen wir, wenn du nicht weiterkommst?«, fragte Mike. »Wir haben eigentlich im Frühjahr Premierentermin. Wenn ich inszenieren soll, dann brauche ich bald einen Text.«

»Ich hab mir gedacht«, sagte die Tiwald und nippte, »ich überschreibe Macbeth.«

»Ach? Überschreiben?«

»Ja. Also ich verschneide die Geschichte von Melania Trump mit Macbeth.«

»Hm.«

»Das ist mittlerweile, wie du weißt, fast ein eigenes Genre im Theater. ›Faust‹ in die Gegenwart übersetzt. Oder ›Die Räuber‹, fällt mir gerade so spontan ein, verschnitten mit der Story von der Lehman-Brothers-Pleite.«

»Ist am Schluss der ›Räuber‹ nicht der eigentliche Räuber so eine Art Robin Hood? Gerechte Revolte? Wie geht denn das mit Lehman zusammen?«

»Na, die Proteste, die 99 Prozent. Die Anti-Wallstreet-Bewegung, die damals im Central Park campiert hat.«

»Hört man noch was von denen?«

»Man hört noch was von Hipstern.«

»Aha.«

»Gut, das müsste ich noch einmal überdenken. Im Fall, dass. Also die Räuber. Man kann natürlich radikal. Überschreiben, mein ich. Aber ich hab eh zu viel zu tun. Also Macbeth.«

»Aber passt diese Lady Macbeth überhaupt auf Melania?«

»Auf jeden Fall sind beide tragische Figuren.«

»Hast du Macbeth gelesen?«

»Bin grad dabei.« Die Tiwald, das hatte Mike schon beobachtet, hatte ihre Hinternhälften immer auf verschiedenen Hochzeiten im Einsatz und war immer an irgendwas dabei. »Am Puls der Zeit«, hatte die Bezirksvorsteherin das genannt.

»Vor etlichen Jahren hab ich eine stark gekürzte Version im Schauspielhaus gesehen. Und jetzt wälz' ich *The Complete Works of William Shakespeare*. Wenn ich mich am Nachmittag wieder erholt habe. Und ich zähle überhaupt auf den Juli«, (die Tiwald unterrichtete in Sachen Brotberuf nämlich Teenager am Stadtrand von Wien, in der Schulform für die, die es nicht aufs Gymnasium geschafft hatten, und behauptete, es mache ihr Freude, aber keineswegs in voller Lehrverpflichtung) – »diese *Complete Works* hat mir mein Vater … also die Sache war die: Ich war Anfang zwanzig, frisch zurück aus einem Jahr an der Uni in Glasgow, und ich war vor lauter Regen und Liebeskummer dort ziemlich depressiv, et cetera, aber ich hab gelernt, wirklich in Shakespeare einzutauchen. Hab eine schöne Gesamtausgabe gesehen und meiner Mutter davon erzählt, die Englischlehrerin ist. Und mein Vater kommt nach Wien und geht mit mir in die Buchhandlung am Campus, weil er mir sagt, er will diesen Shakespeare für meine Mutter kaufen. Zu Weihnachten. Und dann ist Weihnachten, ich fahr zu meinen Eltern – und was krieg ich geschenkt? Den Shakespeare. Meine Mutter war ziemlich angefressen, wie ich erzählt hab, dass mein Papa und ich das gemeinsam kaufen waren, weil quasi die Überraschung verdorben war.«

Die Tiwald grinste, nippte und fuhr fort: »Find ich gar nicht. Ich hab ja in meiner naiven Unschuld wirklich geglaubt, dass meine Mama den Shakespeare kriegt. Irgendwie hab ich meinen Papa extralieb dafür, dass er mich da mitgenommen hat. Werd ich nie vergessen. Auch wenn's vielleicht Faulheit war. Oder er hat nicht mit der Buchhändlerin reden wollen, was weiß ich. Oder er hat sich Sorgen gemacht, dass er das falsche Buch kauft. Mein Vater ist nicht der rasende Redner. Vielleicht schreib ich deswegen Bücher. Das ist die Story von meinem Shakespeare. Meine Mutter hat für mich auf das Geschenkpapier Blankverse geschrieben, bitte sehr.«

»Ein privilegierter Haushalt.«

»Ja, schon. Ich fühl mich mit zunehmendem Alter«, sagte die Tiwald, »auch dankbar dafür, wie ich hab aufwachsen dürfen. Mir wird immer klarer, wie unselbstverständlich das ist.«

»Das Fahrrad, die Bücher, die Urlaube, die Verwandten, die allesamt Akademiker sind.«

»Nein, alle nicht. Meine Oma ist in einer Mühle aufgewachsen, als Müllerstochter, und hat ihr Leben lang in der Eisenhandlung gehackelt, die ihrem Mann gehört hat. Die hat nicht mehr als ihre acht Jahre Volksschule, und Teile davon im Krieg.«

»Ah ja, die Eisenwarenhandlung. Genau, haste ja erzählt. Muss ich dich noch ausfragen zu.«

»Und mein Opa war Lehrer, aber nicht von der Uni kommend. Kein Magister oder so. Einfach Volksschullehrer, das wurde man damals mit fünf Jahren Oberstufe, nach der Matura hat man gleich weitergemacht und selbst unterrichtet. Ich kann mich erinnern, dass ich als Kind in der Schule von Miedlingsdorf einen Film gesehen hab, ›Die Stadtmaus und die Feldmaus‹, in Schwarzweiß, auf riesigen Filmrollen. Und noch viel wichtiger: Mein Opa ist extra aus dem Burgenland mit mir nach Wien gefahren, damit ich den ›Barometermacher auf der Zauberinsel‹ hab sehen können. Da war ich in der Volksschule. Raimund. Mein Opa ist mehrere Male zu Martini mit mir nach Wien ins Theater gefahren.«

»Raimund?«

»Ferdinand Raimund. Mitte des 19. Jahrhunderts. Hat sich erschossen, weil er geglaubt hat, der Hund, der ihn gebissen hat, hat die Tollwut.«

»Österreicher?«

»Na sicher.«

»Ach, ihr suizidales Volk, ihr. Und was ist jetzt mit Macbeth? Erzähl mal.«

»Es gibt auf jeden Fall die drei Hexen.«

»Ja, das weiß ich auch, dass es die drei Hexen gibt. Und die verführerische Verheißung kommenden Ruhms als König. Ist das jetzt Trump, oder wie?«

»*Is this a dagger*«, sagte die Tiwald gewichtig und hob den rechten Arm mit dem Eislöffel, »*which I see before me*?«

»Ist dies ein Dolch, was ich vor mir erblicke? Oder eine verzweifelte Theaterautorin?«

Die Tiwald senkte den Eislöffel wieder, blätterte in ihrem Heft und trug vor: »*Macbeth is a play about the eclipse of civility and manhood, the temporary triumph of evil.*«

»Aha. Ja. Der vorübergehende Triumph des Bösen. Ich hoffe übrigens, es hört gerade niemand auf zu lesen.«

Die Tiwald wachelte energisch mit einer Hand und redete weiter: »Vorübergehen und verschwinden. Zu Allerheiligen, fällt mir da ein, gehen in den burgenlandkroatischen Dörfern ein paar Burschen von Haus zu Haus, klopfen an die Fenster und rufen: ›Pikabu!‹ Erschrecken die Leute. Und ziehen weiter. Die Frage ist halt, ob das hier weiterzieht. Ob wir sozusagen in einem Foto unserer Zustände leben, oder ob der Spuk beim nächsten Mal vorbei ist.«

»Der Spuk. Die Hexen.«

»Es gibt ein paar Damen, die ideale Hexen darstellen würden. Zum Beispiel diese Tante, die von *alternative facts* gesprochen hat. Als es darum ging, wie viele Leute jetzt wirklich bei der Angelobung waren. Kellyanne.«

»Die Trump die Zukunft voraussagt: Was seh ich im Kessel? Alternative facts.«

»Die Tochter, Ivanka, seh ich da eventuell auch am Kessel stehen und rühren. *Sweet and blonde*.«

»Wobei wir natürlich nur in Andeutungen inszenieren können.«

»Natürlich. Obwohl: Die *New York Times* wird wohl kaum über unsere Premiere im *Universum* berichten.«

»Und die dritte Hexe? Hillary? Im weißen Anzug? *What goes up must come down.* Sie könnte schön was im Schilde führen.«

»Nein. Hope Hicks.«

»Hope Hicks? Echt? Die heißt so?«

Die Tiwald grinste, nickte: »Schön, gell?«, und konsultierte ihr zerfleddertes Schreibheft: »Das englische Wikipedia sagt, sie war ein ›teenage model‹, hatte dann einen Job in der Trump Organization – die Trump Organization, lass dir das mal auf der Zunge zergehen, und zwar hat sie mit Ivanka an deren Fashion-Linie gearbeitet –, und dann war sie ›press secretary and early communications director for Trump's 2016 presidential campaign‹. Geboren 1988, fast zehn Jahre jünger als ich.«

»Model?«

»Für ein paar Magazine und für ein paar Buchcover.«

»Eine Intellektuelle!«

»Ein Abschluss in Englisch. Vielleicht hat sie Macbeth sogar gelesen.«

Mike grunzte.

»Sie hat entschieden, welcher Reporter einen Termin bekommt, und, was mir besonders gefällt, Trump hat ihr seine Tweets diktiert. Der tippt das nicht einmal selbst. Also kein Schriftakt! Alles nur mündlich. Alles nur Bild. Sie hat also die Tweets schön aufgeschrieben, vielleicht mit einem kleinen Tablet auf dem Schoß, hat sie dann weitergeleitet und jemand Dritter hat sie ins Netz gejagt.«

Mike notierte: Tweets!!, und die Tiwald sagte: »Es sind Verkettungen von Mitteilungen. Alles ist abgeschirmt. Er *redet* nur. Er schreibt nichts.«

»Also Hope Hicks. Aber pass auf beim Schreiben, man muss irgendwie spüren, wer das ist. Welche Rolle die spielt. Man kennt ja den Namen nicht …«

»Wir brauchen sowieso ein ordentliches Programmheft.«

»Heft, nicht Buch.«

»Spielverderber.«

»Ok. Jedenfalls, die drei Hexen. Finde ich interessant, deine Ideen.« Mike schlug das Reclam-Heftchen auf und trug vor: »*When shall we three meet again*?«

»Wann sollen wir das nächste Meeting ansetzen?«, funkelte die Tiwald, »*In thunder, lightning, or rain*?«, sagte Mike, und die Tiwald fuhr drein: »Ivanka, die Toughe, sagt:

›Egal, ob während Sandy oder Katrina,
ob auf Ground Zero oder Fukushima‹,
und Kellyanne sagt …«

»*When the battle's lost and won*!«

»Wenn die Schlacht verloren und gewonnen ist, wenn das Glas halb voll oder, alternativ, halb leer ist.«

»Ah, alternative facts, genau.«

»Oder noch besser: Wir treffen uns beim Bowling-Green-Massaker! Und dann kreischen sie und zischen ab, und auf der Leinwand siehst du dicke, dunkle Limousinen davonbrausen.«

Mike wischte sich den Sommerschweiß von der Stirn, puffte Luft aus seinen Lungen und sagte: »Ja, und wie weiter? Das Personal muss natürlich gecuttet werden.«

»Schön, wie du das sagst.«

»Es gibt den König von Schottland, der beseitigt werden muss. Und Söhne. Und Freunde und Getreue.«

»Klar. Der König von Schottland, der beseitigt werden muss.« Die Tiwald kaute an ihrer Unterlippe und machte die Augen hinter ihrer dicken Brille (sie war zu faul für Kontaktlinsen) noch schmaler. Sie sah aus wie ein Reptil mit Haaren. »Wie wär's mit einer Allegorie? Der gute Geschmack, der im Schottenkaro auftritt? So wie Fortuna bei Nestroy. Nur wird halt der gute Geschmack gemeuchelt.«

»Die Wööht«, sagte Mike in unglaubwürdigem Wienerisch, »stäht auf kahnan Foll mehr lang.«

»Hast gut aufgepasst in der Parteizentrale, gell? Aber das mit dem Akzent, das müssma noch üben.«

»Na gut. Du, ich würd sagen, du machst mal. Ich will mich gar nicht dreinmischen.«

»Echt jetzt, du MBA?«

»Au.«

»Entschuldige« – sie sah wirklich ein bisschen peinlich berührt aus, und Mike mochte sie gerade sehr.

»Ist ja schon gut. Ich hätte ja gleich bei der Theaterwissenschaft bleiben können. Und mein karges Brot mit einer Form von …« – er hätte sagen wollen: mit einer Form von ehrlicher Sinnlosigkeit –, »also mein karges Brot mit einer Form von Herzblut verdienen können.«

Sie lächelten einander zu und tranken ihre Sodas, und dann sahen sie sich noch ein Youtube-Video an, in dem der Inhalt von Macbeth in zehn Minuten vermittels eines Haufens bunter Playmobil-Männchen nachgestellt wurde. »Er so«, »sie so«, sagte die Stimme, die Macbeth für Jugendliche erklären wollte, und die Tiwald stöhnte und rieb sich die Stirn. Sie hörte auch mit der einen Hälfte des Headsets mit den kleinen, baumelnden Ohrsteckern gut genug.

»Pass mir nur auf Melania auf«, empfahl Mike, als er sich verabschiedete. »In dem Fall, denke ich, ist sie das Werkzeug des Meuchelmords. Vielleicht Komplizin. Aber nicht die treibende Kraft. Die ist schon er selbst, das *Billion Dollar Baby.*«

Als er schon mehr als ein paar Meter gegangen war, hörte er das Aufklatschen von rennenden Füßen und Schlapfen, ein kleines Keuchen, und spürte die Hand der Tiwald auf seiner Schulter, die Luft holte und sagte: »Mike, die Hexen, die die Zukunft vorhersagen, das ist eigentlich das Wahlvolk.«

»Das Wahlvolk?«

»Ein Chor. Ich lass mir was einfallen.«

Gab ihm ein Küsschen auf beide Wangen, hinterließ ihren Schweiß in Mikes Stoppelbart und zischte ab.

IV IN EINEM GARTEN, BEI EINER PARTY

Wahrscheinlich waren die Tiwald und ihr penetrantes Nicht-Schreiben schuld daran, dass mit Mike Ende Juli etwas geschah, was nicht hätte geschehen sollen.

Eigentlich heißt es ja vom Sommer, er sei ein Loch. Wien war leer, wenn man die Schwaden von Touristen wegrechnete, die so taten, als seien sie in einer Mischung aus Habsburg-Disneyland und begehbarer Shopping-Installation. Ohne Mozartkugel kein Wien, ohne Sachertorte ist nichts echt, ohne Schönbrunn bist du nie da gewesen, in den Stephansdom führt ein Trampelpfad und den Kaffee holen wir uns dort, wo die Kellner »Baristas« heißen, keine Kellner mehr sind, sondern Abfüller, und, weil's schnell gehen muss, zeitlos freundlich.

Mike fühlte sich elend. Er traf die Tiwald viel zu selten, nicht einmal der Urbanek war in Wien, die Parteizentrale war halb leer, alle waren eigentlich zu schlapp für den Wahlkampf.

Er war irgendwie halbtraurig, er hatte zu wenig zu tun und fand sich weder gute Filme noch gute Bücher. Eine Woche lang haute er nach Italien ab. Das war ok. Aber es gab kein Meer ohne andere Leute und keine Stadt ohne andere Leute und keine Stadt, in der nur die Echten zuhause waren, und er schämte sich dafür, Tourist zu sein und keine italienischen Freunde zu haben, mit denen er so tun konnte, als kenne er sich eh aus. Bei einem Communication expert würde man meinen, dass er leicht mit Fremden ins Gespräch kam, aber irgendwie bildete er sich ein, dass er Erholung brauche, wovon auch immer, und irgendwie brachte er den Mund nicht auf. Immerhin ließ er sich auf eine Berührung seines Inneren durch die Sixtinische Kapelle ein, das ging, weil sich die Meute rundum so halb und halb an das Schweigegebot hielt; dann der Pflichtbesuch in Ostia Antica, wo er einen gewissen gelehrten Schauer suchte, und schließlich fuhr er mit einem Mietauto im Hinterland von Rom herum und mit einem Gefühl der Rührung an afrikanischen Prostituierten vorbei, die an irgendwelchen Landstraßen zwischen wie Beulen aus der Landschaft wuchernden Müllhügeln das bessere Leben wahrnahmen. Sein Rückspiegel erfasste sie wie das zitternde Fadenkreuz, in dem ein reuiger Jäger im Jeep die verschwindende Savanne sieht, mitsamt allem Leben, das dort weitergehen wird, weil er sich geläutert hat und das Jagdgewehr sinken lässt.

Er schaukelt weiter. Mike schaukelte weiter.

Der Besuch bei den Eltern in Mecklenburg-Vorpommern gab ihm den Rest, und er kehrte willig in den Backofen zurück, in den Wien sich inzwischen verwandelt hatte. Die Luft fühlte sich an wie warme Wickel, nur ohne Winter und ohne Verkühlung. Mike schor sich seinen zart-rebellisch aus der Fasson geratenen Wirtschaftshaarschnitt so, dass er gerade noch nicht wie ein Skinhead aussah.

Und es begab sich also zu der Zeit, dass ein Gebot vom Parteivorsitzenden ausging: Ein parteiinterner, »sagen wir: Querulant, aber das nur zu deiner Orientierung, und kein Wort davon«, hatte der Parteichef gesagt, reiste aus dem Bundesland an, machte sich in der Parteizentrale wichtig und entfernte sich dann nonchalant, »zu einer, gib dir das, *garden party*, die nennen das *garden party*« des Noch-Koalitionspartners. »Und *du* gehst dort auch hin. Da, nimm die Hir… – Frau Hirschal, kommen Sie bitte kurz her? –, ja. Also ihr zwei, Sie folgen unserem Spezialfreund aus dem Bundesland auf diese Chose in Döbling und erstatten nachher Bericht. Wie lange er mit wem geredet hat. Ob er dabei gegrinst hat oder nicht. Fraternisiert oder nicht. Körpersprache. Oder vielleicht weht sogar der eine oder andere Gesprächsfetzen an Ihre Ohren. Könnte ja sein.«

Ein steirischer Genosse mit grimmigem Gesicht, der traurige Bärenkompetenz versprühte in seinem weißen Kurzarmhemd, saß vor einem riesigen Bildschirm, bellte: »De sougn zar an Grülloumd GAHDN BARDI« und schüttelte vehement den Kopf, als wäre eine gahdn bardi bereits ein guter Grund für den Abbruch jeglicher Koalitionsgespräche.

Döbling also.

Mike hatte die Frau Hirschal bis jetzt nicht wirklich im Blickfeld gehabt, wohl auch deswegen, weil er sich unsicher war, ob sie Hirschal hieß oder Hirscherl. Er hatte sie schon mehrfach gegoogelt und merkte es sich trotzdem nicht. Sie sah auch nicht aus wie ein Hirsch, sondern eher wie eine Maus, auch wenn sie versuchte, sich mit Lippenstift et cetera aus dem unvorteilhaften Maussein herauszuwinden. *Minnie Maus Hirschal.* Nur ohne Schleife im Haarhelm. Bissig, dachte Mike bei sich, von dieser zielstrebigen Bissigkeit, die er aus seiner Zeit beim großen Beratungskonzern sehr gut kannte. Auch ihr Haarschnitt: sehr effizient. Sie würde sicher irgendwann einmal die perfekte Büroleiterin, die perfekte Sektionschefin, die perfekte Ministerin abgeben, aber dann, dachte Mike, wäre er schon wieder weg aus Österreich, seiner Notlösung von Junggesellenwohnung und dem *Universum* mitsamt Lady Melania, der Tiwald und ihren Konsorten.

Die Taktik der Hirscherl/Hirschal, die sie ihm im Taxi erörterte, war gezieltes Flirten mit dem Querulanten aus dem Bundesland. Sie verlor kein Wort darüber, wie sie den Querulanten aus rein weiblicher Perspektive optisch einschätzte, und Mike fand sich durch diese sozusagen professionelle Distanz erleichtert: Er würde, stellte er fest, keine Flirtenergien aufbringen müssen, er und die Hirschal, die Hirschal und er, zwei Instrumente, die einfach ihren Job machten, und fertig, kein Erklären, kein Drängen, kein Sich-Vorstellen, wie er die Hirschal nach diesem Abend noch irgendwohin einladen, irgendwohin ausführen, sie irgendwo berühren müsste. Erleichtert lehnte er sich in den Taxisitz zurück und freute sich zusätzlich darüber, dass er ein Mann war und der Querulant offenkundig nicht schwul. Hingegen hörte man, dass in der neuen Truppe der Partei, die sich in Döbling einer *garden party* hingeben wollte, lauter junge Körper nach vorne drängten, männlich wie weiblich, und wieder fühlte Mike, der gelöster und gelöster wurde, eine Welle der Erleichterung durch seinen Körper wogen: Das ging ihn alles nichts mehr an. Seiner Konzernerfahrung nach würden die Slimfits aller Fraktionen sich problemlos auch in der nächsten Koalition verstehen. Sie würden hungrig sein nach Erzählungen aller Art, und damit konnte er gerne dienen. Er sah Döbling an sich vorbeiflitzen, erinnerte sich kurz an die afrikanischen Prostituierten und ließ sich vorfahren, schwang sich aus dem Auto, öffnete der Hirschal die Tür, wie es sich gehörte, und fragte sich, als er sich an den ersten jungen Körpern vorbei Richtung *garden* bewegte, ob er sein Leben nicht gehörig verschissen hatte.

Sie trugen so kompetente Kostüme und so lässiges Leinen, sie waren so hochhackig und so ge-wet-looked und juweliert. Sie hatten Champagnerflöten in den Händen und sprachen von Ausländern und Aktien, Eigentum und Eigenblut, Islam und Instagram. Während Mike sich zurückwünschte in die Pampa rund um Rom, ließ er sich ebenfalls Champagner geben von einer kleinen, zarten, mit Tablett durch den Garten rotierenden Frau, die sich vielleicht auch nur als Lämmchen tarnte, aber Jura studierte und zum Networken hier war; die Art, wie sie ihm diese Champagnerflöte geradezu unter die Nase gestoßen hatte, ließ darauf schließen.

Mike sagte: »Wohl bekomm's« zur Hirschal, stieß mit ihr an und beobachtete interessiert das Zittern ihrer Nasenflügel, während sie sich umsah.

»Jaja, die Haute volée«, sagte die Hirschal und machte verächtlich einen Knutschfleck auf das Champagnerglas. »Reden Sie was mit mir, Herr Knutkovsky, ich muss mich warmreden, damit ich mich in die Bagasch da werfen kann.«

»Haben Sie in Ihrer Jugend auch mal was anderes gewählt? Grün vielleicht? Oder gar die ÖVP?«

»Bitte, Knutkovsky, man hört uns vielleicht zu. *Blend in*. Sagen Sie irgendwas mit Dow Jones oder Trump oder Inflation. Oder verraten Sie mir Ihr Lieblingsrezept von Jamie Oliver, das geht auch.«

»Wer ist Jamie Oliver?«

»Machen Sie Witze?«

»Kleiner Scherz.«

»Ich hab gedacht, alle mittelalten weißen Männer in gehobener Position entdecken irgendwann das Kochen für sich und lassen dann nach getaner Kochkunst das Geschirr in der Abwasch vergammeln.«

»Ich nicht. Ich kann nur die Basics.«

»Charmant. Ich kann alles.«

»Dachte ich mir schon.«

»Und ich mag auch alles. Zum Beispiel Austern. Haben Sie schon mal Austern gegessen?«

»Ja. Hab ich.«

»Und?«

»Grauenhaft. Versteh den Appeal nicht.«

»Herrjemine, Knutkovsky.«

»Stimmt doch. Schleim in Schale.«

»Sie Ignorant. *A decent oyster doesn't need much to make it sing*, sagt Jamie.«

Dann erzählte sie ihm von Austern à la Rockefeller und diesem Lokal im Siebten, das die herrlichsten Austern serviere und wohin sie manchmal gehe, auf eine *ladies' night*, mit ein paar Kolleginnen aus dem Parteibüro. Mike dachte bei sich, dass Austern in der Tat ein bisschen an Mösen erinnerten, und zwar Mösen voller Erwartung. Der Gedanke machte ihn traurig. In der Hirschal, die sich doch gerade zu öffnen begonnen hatte, wenn auch völlig im Dienst der Sache, sah er jetzt wieder nur die Profession, und tatsächlich dauerte es nicht mehr lange – sie hatte sogar von *oyster soup* zu reden begonnen, als habe sie ihre Masterarbeit in Austerologie geschrieben –, bis sie Mikes Unterarm tätschelte, »so, danke, ich glaub, das reicht jetzt« sagte und sich mit ihrem Knutschfleckglas in Bewegung setzte.

Mike schaute ihr nach, sie bewegte sich wie Sprinter, die auf die Startlinie zutänzeln. Vielleicht hatte sie auch einmal, vor gar nicht langer Zeit, mit einem Silbertablett auf einer Party das Netzwerken geübt: Als sie auf den Querulanten traf, der bei einer Gruppe junger Körper stand, schien sie sofort in ein Gespräch zu stürzen, offenbar war der Startschuss gefallen und das Rennen im Gang.

Mike ließ das leere Champagnerglas in seiner Hand wippen und schaute sich um. Das Fingerfood machte ihn auch nicht glücklich. Rechts von ihm sprach eine junge Frau über Ashtanga und links eine übers Ausbremsen. Das Junggenie, das alle verehrten und das Mike nie sehen konnte, ohne »Geilomobil« zu denken, drehte in seinem Anzug mit dem einen Knopf im Loch gemessene Runden, wie Mike beobachten konnte: abgezirkelt und mit Kalkül, natürlich. Beim Querulanten wurden Hände geschüttelt und Worte getauscht, eine Hand auf den Unterarm gelegt, während die Hirschal lächelnd danebenstand und auf apartes Mauerblümchen tat. Verdammt.

Schon stand die rotierende Champagnerfrau wieder vor ihm und hielt ihm ihr Tablett unter die Nase, als ein Set rosa Nägel zwei

Gläser krallte und sich lächelnd an Mike wandte: »Deaf ich? Se schaun durstig aus.«

Er stieß verwirrt an und machte einen Schluck, um nicht reden zu müssen, und er wünschte sich nachhause wie ein Astronaut ins Weltall.

»Und, was bringt Sie doher?«

Sie stand da in ihren High Heels und kantigen Ellbogen, als würde gleich zum Zweikampf geblasen.

»Ähm. Nja. Die Partei.«

»Scherzerl! Natürlich die Pardei. Ich mein, brauch ich die ganzn Schleimscheißer anschaun? Wenns ned die Partei wär? Nur Sie san wahrscheinlich ka Schleimscheißer. Dafüa san die Haar z'kurz.« Sie sagte »Haar« wie Briten »whore«.

»Die CDU«, schoss es aus Mike heraus, er wusste auch nicht, warum, »ich bin in der Delegation der CDU. Wir führen EU-interne Arbeitsgruppengespräche über die Kongruenz von, äh, Zollmaßnahmen in der Schengenzone nach Abgleich der innerstaatlichen Ansprüche.«

»Aha. Na dann. Prost.«

Sie machte noch zwei Schluck, schaute verloren und drehte sich dann weg.

Mike, der wenig mit sich anzufangen wusste und die Hirschal fest in Querulantenhand sichtete, fluktuierte in die Villa, in der nur ein paar Personen in schwarzer Kluft hin und her huschten und Tabletts transportierten. Auf einer schwarzen Couch saß ein Wiener Politiker der anderen Art, sprach Unflätigkeiten in ein Smartphone, die klangen, als sei der Größte Führer Aller Zeiten noch lange nicht tot, und mampfte Erdnüsse. Zwei Ecken weiter gab's Kichern und Stöhnen zu hören, und Mike machte sich darauf gefasst, vor einer versperrten Toilette zu warten, bis einer schniefend und sich die Nase reibend daraus hervorkommen würde. Sei's drum, dann eben warten, er wollte Ruhe. Nur ein bisschen Ruhe.

Aber die Toilette war unversperrt, riesengroß, verspiegelt, und auf der geschlossenen Kloschüssel saß zitternd eine blonde Frau, die den Blick von einem zerknüllten Taschentuch hob, als Mike hereinkam. Reflexartig sperrte er hinter sich zu, ratsch, machte ein paar Schritte und ging vor ihr in die Knie, klopfte die Jackentaschen nach einem Taschentuch ab, reichte ihr schließlich schüchtern eines und nahm ihr das zerknüllte aus der Hand.

»Ist schon gut«, murmelte er beschwichtigend, und er fühlte sich gut dabei und gar nicht seltsam.

Sie war wunderschön und hatte Tuscheschlieren auf den Wangen. Die Zeit blieb stehen, wie sie das nur in großen Momenten tut oder wenn etwas richtig toll ist.

»Hier, nehmen Sie noch ein Taschentuch. Nehmen Sie überhaupt alle meine Taschentücher. Und lassen Sie das mit dem Zwiebelschneiden. Nächstes Mal fragen Sie mich. Ich kann das. Ich bin ein super Zwiebelschneider.«

Sie sah ihn an, und ihre Mundwinkel zuckten.

»Ist das schon ein Lächeln?«, fragte er. »Ich bin überhaupt sehr zu gebrauchen. Ich kann auch Äpfel schneiden. Und Brot. Und jetzt ist der Witz vorbei. Und mein Charme ist im Eimer. Für immer. Ach, shit, jetzt hock ich da und hab schon alles über mich verraten, alle meine interessanten Geheimnisse bin ich los. Nur weil ich mit meinem Brotschneiden angeben wollte. Ich bin ein Idiot, verzeihen Sie mir.«

Sie lächelte tatsächlich. »Sie sind kein Idiot.«

Dann zog sie ein bisschen Rotz hoch, während sie an ihrem Kleid herumstrich. Mike fand das unendlich liebenswert.

»Ich bin von Idioten umgeben. Ich erkenne Idioten, wenn ich sie sehe. Sie sind keiner.«

»Oh«, hauchte Mike, »danke«, und dann wusste er nicht mehr, was er sagen sollte. Darin hatte er keine Schulung. Darauf hatte ihn kein Kneipenabend vorbereitet.

Er legte wie automatisch seine Hände auf ihren Schoß und erschrak, als er es bemerkte, zog sie zurück wie von einer heißen Herdplatte, geriet aus dem Gleichgewicht und landete auf dem Hosenboden. Sie lachte. Und war plötzlich neben ihm, auf ihren Knien.

»Ich bin Sabine. Hallo. Hallo, Zwiebelschneider. Bist du bei der Partei?«

»Ich? Nichts liegt mir ferner.«

»Gut. Sehr gut.«

Sprach's und küsste ihn. Lange.

»Wo sind Sie gewesen, Knutkovsky? Wo? Haben Sie dem Bubi in der Villa aufgelauert?«

»Der Vizebürgermeister saß drin. Ich habe hinter ihm gestanden und mir angehört, was so ansteht. Und ein bisschen allgemeine rechte Denke. Grauenhaft.«

»Aha. Kannst morgen dem Chef erzählen. Will ich gar nicht wissen.«

»Und? Der Querulant?«

»Hat den Charme vom *Godfather*. Sagen wir Du. Ich bin die Melanie.«

Hirschal drückte ihm die Hand wie einen nassen Fetzen aus, offenbar war noch kein Jota Motivation aufgebraucht. Sie würde es, dachte Mike beschwingt und neidlos, wirklich noch weit bringen, und in der Innentasche seines Sakkos knisterte ein Zettel mit einer Telefonnummer.

Wo treffen wir uns wieder?
Bei Regen, Hagel, Stürmen?
Egal, welches Wetter –
überdacht sind die Urnen.
Wenn das Wahlkampftosen aus ist,
wenn das Wahllokal dann auf ist,
dann spitzen wir die Stifte,
dann spritzen wir die Gifte,
und machen unser Kreuzchen –
dann schrei mal, Käuzchen!
Schrei! Blau, blau!
Schrei, schau, schau!
Fair sein ist faul. Faul sein ist fair.
Schön ist schiach und schiach ist schön.
So kann's einem gehn.
Auf der Blutwies, in Mariazell,
jedes Jahr Urlaub auf den Seychellen!
Dann: Trump, Salvini, Kurz.
Ich mach einen … Abflug!

V WIEN IST SCHÖN

Plötzlich war Wien schön. Wien war schön. Nach einem Sommergewitter glänzten die Bäume in einem Sattgrün, das auf Mike wirkte wie Spinat auf Popeye. Oder wie ein tatsächlich gelungenes Simile auf die PäpstInnen der Literaturkritik. Der ganze Tag fühlt sich einfach besser an.

Beim Streunen durch die coolen Viertel schaute er zärtlich in die Auslagen der Start-upper und jungen Modedesignerinnen, so viele Ideen auf der Welt, so viel gute Energien, und er kaufte sich in einem Café, in dem sogar noch Zeitung gelesen wurde und das auch Möbel verkaufte, die nicht von Ikea waren, eine Vintage-Lampe.

Weil sie ihm gefiel, und weil sie Sabine gefiel.

»Ich bin ausgezogen«, hatte sie ihm am Telefon gesagt, mit frischem Stolz, mit dieser Stimme, die nach leichter Brise klang, nach Urlaub am Meer und Limonade am Strand.

Die Wohnung, die sie anscheinend sofort gefunden hatte, war klein, strahlend weiß, da war ein Futon, da war ein flugs einsortierter Schrank aus hellem Holz. Mike half und erlebte sich so behände wie schon lange nicht mehr. Das tat ihm gut. Und weil ihre Küche aussah wie aus einem Katalog, putzte er eine halbe Nacht lang seine eigene, arbeitete den Tellerturm in der Abwasch ab und sang dabei. Sang dabei! Sie tat ihm gut.

Sie tat ihm gut. Wien war schön.

Sie gingen in den Prater und ließen sich von dieser Sitzeschleuder im Kreis drehen, hoch über Wien, und Sabine lachte. »Wie schön du lachst«, sagte er dann, als sie wieder Boden unter den

Füßen hatten, und küsste ihre Nasenspitze, ihre Augenbrauen, rieb seine Stirn an ihrer. Sie roch so gut. Sie war so schön. Wien war gut.

Sie aßen im Donauturm, sie wanderten durch den Wienerwald, sie schmusten, während alle Welt in der Gemäldegalerie auf und ab stiefelte, in der Antikensammlung des Kunsthistorischen Museums. Sie spielten einander Streiche und frühstückten auf einer Picknickdecke im Stadtpark, inklusive Sekt aus zwei Plastikflöten. Sie lasen einander vor, sie hatte den Kopf auf seine Knie gelegt. »Nie«, sagte sie, »hätt ich mir gedacht, dass ich mich in einen Piefke verlieb'«, und lachte apart. Ihr standen Sommerkleider fantastisch.

Auch wenn der Sommer weiterging und die Nächte sich anfühlten wie Eingesperrtsein in eine Sauna. Auch wenn Wahlkampf war. Auch wenn ein Stürmchen aufkam an der Costa Vienna und Fetzchen wenn nicht zu fliegen, so doch zu wehen begannen.

Reinen Gewissens, denn er hatte nie irgendetwas Eigenes auf Facebook gepostet, genoss Mike die Hitze, die Liebe, die Stadt und putzte mit einem Trupp Freiwilliger, die er in einer spontanen Telefonaktion zusammengerufen hatte, an einem strahlenden Tag das *Universum* von oben bis unten, um dann die Tiwald und den Urbanek um einen Doderer-Abend zu bitten, der sogar stattfand. Es gab grünen Veltliner und Liptauerbrote, und die kleine Gruppe stand mitten im Bezirksmuseum ehrfürchtig in Doderers Schreibzimmer. Der Urbanek dozierte über das Doderer-Leben, die Tiwald las vor und auf den Tischen lagen Fotos, sogar vom Heimito-Baby, vom jungen Soldaten und von der Totenmaske. Es gab auch ein Doderer-Orakel: Man konnte eine Frage stellen und in der »Strudlhofstiege« um spontane Antwort nachschlagen.

Mike fragte: »Wird meine Liebe ewig dauern?«, und die Tiwald las aus dem Orakel vor: »... die, wenn auch kaum greifbar, doch ein international ergossenes Fluidum darstellt«, und Mike fühlte ein Zusammenfallen der Umstände, der krausen Sätze, er fühlte, wie die Zeit gut zu ihm war, und war schlicht voll der Freude.

Er las die ganze Strudlhofstiege, las auch Sabine daraus vor, hörte gar nicht die Höflichkeit in ihrer Stimme, als sie sagte, das sei aber ein gutes Buch, und fühlte sich als Wiener. Das Leben war schön.

VI WAS IHNEN ZUSTEHT

Mike machte seit dem Sommer alles doppelt und dreifach gern, weil er in der Liebe schwamm wie ein Anglerfisch im Marianengraben: von innen leuchtend. Sogar die Leutchen in der Fokusgruppe, die den neuen Werbeslogan prüfen sollten, amüsierten ihn auf eine gute Weise, rührten an sein Innerstes, wo sich sein Selbst blumig, luftig und stark entfaltet hatte. Sicherstes Kennzeichen der Liebe, die stets das Beste in uns herausholt, war der Umstand, dass die Fokusgruppe ihn zum milden Lächeln brachte und nicht zu der Sorte spöttischen Grinsens, das nur mit Mühe als wohlwollende Mimik maskiert werden konnte.

Die Hirschal zum Beispiel. Die Hirschal musste bei so was immer grinsen.

»Die Hausmeisterin, der Prolet, der pensionierte Beamte, das Mädel, das Krankenschwester wird, weil ihr sonst nichts einfällt. Der Haschbruder und der Quotenmigrationshintergrund«, resümierte sie, während sie eine Espressotasse umkrallt hielt.

Natürlich trinkt die Hirschal Espresso, dachte Mike aufgeräumt, Starkstrom für die Karrieremaus, und erfreute sich des Lebens, während er an einem Verlängerten nuckelte: Das hatte er sich von der Tiwald abgeschaut. Die vermeintliche Hausmeisterin, fand er, sah Tante Betti gar nicht so unähnlich; der Prolet: Mein Gott, da vergaß die Hirschal wahrscheinlich auf einen Eisenbieger oder einen Schuster, der die Hirschal-Oma gezeugt hatte; auch Beamte hatten ein Recht auf Pension; ohne Krankenschwestern würde auch eine Power-Hirschal nicht alt werden, und Migrationshintergrund hatten sowohl ein Herr Knutschkovsky als auch eine Frau Hirschal, auch wenn der betreffende Hintergrund inzwischen so ausgebleicht war wie eine Filmkulisse aus den Frühzeiten des Kinos. Hasch? Nie inhaliert. Mike lächelte gnädig in sich hinein und spürte, wie das Koffein sein Hirn in einen Zustand wunderbarer Wachheit kitzelte.

Am Institut gab es ein verspiegeltes Fenster, durch das die Auftraggeber – Mike und die Hirschal als Abgesandte derselben – die diskutierenden Laborratten beobachten konnten; es ging um einen griffigen Wahlslogan, das Bubi war ja auf Aufholjagd, machte Punkte mit dem Leib- und Magenthema des Homo Austriacus: *Ausländer und die Balkanroute*, und jetzt musste was Zackiges her.

»Schau«, hatte die Hirschal herablassend gesagt, als der Slogan, dessen Kreierung sicher mehr gekostet hatte, als eine Anfänger-Krankenschwester jährlich verdiente, in der Partei die Runde machte, »wir brauchen was, das nix mit Ausländern zu tun hat, weil wir brauchen was Eigenes und nicht ein Secondhand-Thema, auf das sich das Bubi draufgesetzt hat. Wir können nicht noch wildern, wo er eh schon wildert, weil das ist ja nicht das erste Thema ausgerechnet von den Konservativen. Also. Aber es soll halt trotzdem was sein, das den Leuten suggeriert: Du bist wer, du hast ein Naturrecht auf überhaupt alles, du bist kein Zniachtl nicht, du bist in Wahrheit innen ein Schwarzenegger. Und zugreifen ist alles, was du tun musst. ›Holen Sie sich, was Ihnen zusteht!‹ Quasi: Sei eine Wut-Oma, ein Wut-Opa, empört euch, greift zu! Supermarkt der Eitelkeiten! – Mir gefällt's. Und vom Rhythmus her fast so griffig wie ein Refrain vom Gabalier.«

Mike, der das nicht so gesehen hatte, pfiff sich jetzt eins; die Tage waren warm, das Leben war schön. Sogar die Leute waren schön. Die angebliche Krankenschwesternschülerin war eigentlich eine aparte junge Frau, die Hausmeisterin unter Anführungszeichen strahlte eine verwegene Kompetenz aus, und noch nie hatte ein Beamter in Pension so weise gewirkt wie der vermeintliche, der neben einem freundlichen Menschen mit kaffeebrauner Haut saß. Der Haschbruder würde sich, räsonierte Mike, ganz gut machen hinter dem Helden der Arbeiterklasse, beide auf einem Motorrad und in Lederkluft, der eine glattrasiert, der andere mit Heldenschnauzer.

»Oiso i«, sagte der soignierte Beamtentyp in einem Wienerisch, das Mike kaum verstand, weswegen die Transkription in seinem Kopf nur aus den Worten »Ausländer«, »viel«, »ungerecht« bestand. Was ein »Gfrastsackl« war, wusste er nicht, nahm sich vor, die Hirschal im Anschluss zu befragen, vergaß das Wort aber gleich wieder unter dem Schwall koffeingestützer Konzentration, mit der er der Diskussion folgte.

Die »Krankenschwesternschülerin« schlug ein Bein über das andere, rümpfte die Nase und sagte: »Aus dem Blickwinkel eines heutigen, zeitgemäßen Feminismus ist dieser Ansatz deswegen unterstützenswert, weil er in seiner Resolutheit genau entgegengesetzt zu der Hegemonie steht, dem Paternalismus, mit dem die Partei in den letzten Jahrzehnten gespielt hat. Die Papas der Nation, endlich ist Schluss damit! Und die vox populi wird gleichzeitig als Ganzes angeredet wie auch als Individuum, durch das zweideutige »Sie«, das ja *einen* oder *alle* meinen kann. Übrigens angenehm, dass man nicht geduzt wird wie beim Ikea. Nur die Personen im Hintergrund, ich weiß nicht, da stehen die – wie viele sind es? Zwei? – jungen Frauen zu stark hinten. Warum eigentlich? Fürchten sich alle vor uns? Weil man uns studieren hat lassen, und jetzt geht euch wieder der Mut aus?«

»Jessas«, murmelte die Hirschal, »eine Jungemanze. Schrecklich«, während die ältere Resolute – »Seh ich da einen Damenbart? Na hallo!«, mokierte sich die Hirschal – anmerkte, dass sie als

Liebende von Frauen mühsam habe lernen müssen, sich zu nehmen, was ihr zustehe, nämlich Achtung und Anerkennung. Wenn Mike je ein dreckiges Lachen gehört hatte, dann war das nichts gegen das Grunzen, das aus dem Mund der jungen Kollegin kam. Der Herr mit dem Heldenschnauzer, den Mike für einen Maurermeister gehalten hatte, wiegelte ab und meinte, er als Soziologe, der an Wochenenden mit benachteiligten Jugendlichen Boxtrainings abhalte, fände es angebracht, wenn diesem Volk von Duckmäusern endlich deutlich gemacht würde, dass man den Mund in eigener Sache auftun könne, ohne – er warf einen Blick auf den faltigen Ausländerhasser, der zuerst das Wiener Wort an sich gerissen hatte – gleichzeitig auf andere hinzuhauen; diese Balance finde er aber in dem Sujet an sich nicht.

»Zu gescheit«, befand die Hirschal hinter der Glaswand, »aber ich hab ja noch nie was von diesen Diskussionen gehalten, es ist eh klar, dass wir mit dem Slogan fahren werden. Der Agenturchef ist halt ein Habschi vom Chef, bitte, soll er auch einen Teil vom Kuchen kriegen, wer weiß, wann wieder eine Hand gewaschen werden muss«, sprach's und begann noch, während sie sprach, mit dem rasanten Tippen einer SMS.

»… muss sich lohnen«, sagte der schmale, junge Mann, der die halblangen Haare hinter die Ohren gesteckt hatte, und schob den Bügel der Nickelbrille die Nase hoch.

»Was? Hat der Haschbruder tatsächlich gesagt: Leistung muss sich lohnen?«, fragte die Hirschal, blickte vom Handy auf, zuckte mit den Schultern und tippte weiter, als gelte es, ein Lisztstück einzuüben.

Mike fand sie alle ganz entzückend, den Schnauzer, den verhinderten Religionslehrer, die Lesbe nahe der siebzig, blendete elegant aus, dass die vermeintliche Schwesternschülerin eine zarte Erinnerung an eine gewisse Simone wachrief, und süffelte am Kaffee.

»Die Burgenländer sind dafür«, sagte die Hirschal, würgte das Handy am oberen Knopf ab, steckte es in ihre skinny Jeans und sah damit aus wie eine Python knapp vor dem Ende eines Verdauungsvorgangs.

»Für ...?«

»Na, für den Slogan, die Werbelinie. Die sind gscheit. Der ist ein Go-Getter, dieser Neue. Die im Westen, die sind, na ja. Nennen Sie mal einen prominenten Parteifunktionär in, sagen wir, Tirol, Knutkovsky, eins, zwei, jetzt! Na? Sehen Sie. Ich geh eine rauchen. Halten Sie die Stellung.« Sprach's und verschwand.

Mike verfolgte selig lächelnd die Ideen dessen, was einem denn überhaupt zustehe; hörte Etliches darüber, dass man sich die Dinge eben erarbeiten müsse, und von Menschenwürde, von der Gießkanne, der Erbschaftssteuer, dem Pflegeregress und der Erosion der Familie. Und dass die Boliticka sich eh alles einstreichen und die normalen Leute grundsätzlich verarscht würden.

Die Hirschal schien doch etliche Zigaretten zu rauchen.

»Und, Mister Expert?«, fragte sie, als alles vorbei war und sie hinter einer Ecke auftauchte wie seinerzeit die bezaubernde Jeannie im Fernsehen, »alles gut, alles im Kasten?«

»Kannst du dich noch an die bezaubernde Jeannie erinnern?«, fragte Mike zurück.

»Bezaubernd? Jeannie? Ich? Nö. Ein bezaubernder Jeanerich bist höchstens du. Grinst wie ein Hutschpferd. Ich werd nur mehr dich zu Fokusgruppen schicken, und wehe, du gehst zurück nach Deutschland.«

»Ich? Zurück nach Deutschland?« Mike bog den Hals zurück beim Auflachen, »eher würd ich in den Tschad migrieren.«

»Na holla! Heut so politisch inkorrekt?«

»Immer politisch inkorrekt, Frau Hirschal. Hauptsache verliebt.«

»Ich sag nur, Knutkovsky, bleib uns treu.«

Die Hirschal kriegte einen Silberblick in die Augen, von dem Mike ein bisschen mulmig wurde.

»Hirschal?«, fragte er vorsichtig.

»Ah, scheiß drauf, i muass mir aane anhaazn«, zischte sie, packte Mike am Arm und zerrte ihn weg von Fokus und Fenster. Draußen, wo die Wiener Autos so vorbeirauschten, dass zu rauchen völlig unnötig war, zerrte sie ihre zerknautschte Zigarettenpackung hervor und saugte, kaum hatte sie sie angezündet, die Zigarette förmlich auf.

»Hirschal. Jetzt sag schon …«

»Es gibt Trouble, Knutkovsky. Trouble in Israel.«

VII FLASHLIGHTS

In der Zwischenzeit träumte die Tiwald ihren Traum vom Theater, und ein paar Wochen zogen ins Land. Die Partei präsentierte ihre Plakatwelle, überall stand jetzt die Aufforderung, sich zu holen, was einem zustehe; »Kasinokapitalismus für Arme«, schrieb die Philosophin Isolde Charim in der Wiener Zeitung, aber auch, dass beim Wort »Sozialstaat« früher an die Rechte von Bürgern gedacht wurde, nicht an das Empfangen von Almosen.

Die Tiwald gestand, dass sie mit dem Slogan auch nicht ganz glücklich war. »Hat was von Apportieren«, befand sie, »das ›Hol dir‹. Hol dir das Stöckchen! Hol dir den Gummiball! Obwohl natürlich diese Attitüde, ständig von der sozialen Hängematte zu reden, weil wer Sozialhilfe kriegt, auch zum Kotzen ist.«

Mike war gar nicht zum Kotzen: Er aß mit Gusto an einem enormen Eisbecher und wirkte auf fröhliche Weise kritikresistent.

»Ach, der Slogan ist super. Der rüttelt ein bisschen die Graumelierten durch, der zieht an den Krawatten. Da rumpelt's in der Kiste.« Er grub im Vanille-Schoko-Bergwerk und mampfte.

»Und die haben euren Berater in Israel verhaftet?«, fasste die Tiwald die übrigen Geschehnisse zusammen, »ist das jetzt sehr schlimm?«

»Mhm. Wegen irgendwas mit Geldwäsche«, nickte Mike, weiter seelenruhig mit der Südtiroler Speiseeiskunst befasst.

»Geldwäsche, soso. Und?«

»Fallen gelassen.«

»Ah ja. Fallen gelassen.«

Mike ließ eine Ladung Gelato in seinem Mund verschwinden, bevor er erzählte, dass es sich beim Hauptbeschuldigten um den reichsten Mann Israels handle, einen früheren Banker, der im Übrigen auch die Übernahme von Karstadt durch einen superreichen Ösi gemanagt habe.

Die Tiwald prustete.

»Untreue und Behinderung der Justiz«, plauderte Mike unterdessen weiter, »irgendwelche Immobiliendeals in Rumänien, bei denen der Staat durch die Finger geschaut hat, und außerdem wollte der Obermilliardär – also nicht unserer – Schürfrechte für Eisenerz in Guinea erpressen, vom ehemaligen Staatsoberhaupt, die … wart mal, ich schau das nach.« Während er mit rechts weiteraß, ließ er mit links eine Website aufploppen. »Da. Der *Haaretz* schreibt darüber, lies selbst, ich muss Eis essen.«

Die Tiwald las, dass der besagte Milliardär seine Schürfrechte in Guinea »wegen Korruption« schon einmal verloren und es danach eben über Bestechung versucht habe. Sinnend legte sie das Smartphone weg und rieb sich das Kinn. Eine Zeitlang sagte keiner was, nur das Klöppeln von Mikes Löffel war zu hören.

»Und? Wird jetzt alles anders?«, erkundigte die Tiwald sich schließlich.

»Na ja … die werden natürlich probieren, uns jede nur erdenkliche – wie sagt ihr da? Hacke ins Kreuz zu werfen.«

»Hackl ins Kreuz. Schön, dass du in Wien gelernt hast, wie das heißt.«

»Die Blauen glauben natürlich, es ist Jackpot-Tag. Da erhöht sich der Blutdruck ja automatisch, wenn ein Jud mit zu viel Geld erwischt wird.«

»Ich frag mich«, sagte die Tiwald, »ob wir's noch erleben werden, dass alle die Schubladen aufgehen werden, die wir uns so schön eingerichtet haben.«

Mike löffelte weiter.

»Ein israelischer Milliardär, der wegen Schürfrechten von der Polizei abgeholt wird«, sagte die Tiwald schließlich sanft, »und ein Typ, der in Österreich die Partei der Arbeiter und Underdogs im Wahlkampf berät; und einer, der sich einen Supermarkt-Deal einfädeln lässt ...« Verträumt schaute sie über Mikes Schulter nach oben ins Blaue und fasste zusammen: »Da sollte man eigentlich einen Roman drüber schreiben.« Der Knall, mit dem der Löffel auf den Tisch plumpste, riss sie hoch.

»Roman?«, rief Mike, »du schreibst keinen Roman, du schreibst gefälligst ein *Stück*! *Um*! Du schreibst ein Stück um, Macbeth, bitte, danke, und wenn du so weitermachst, erzähl ich dir nie wieder was von Politik!«

Lachend warf die Tiwald eine zerknüllte Serviette nach Mike, ein leichtes Ding, zum Einwickeln von Eistüten gemacht, das vom Tisch kollerte und Fraß einer arbeitsamen Taube wurde. Am Schwedenplatz wurden die Menschenmassen nicht mehr, nicht weniger, nur die Hitze nahm ab; die Tiwald bestellte sich noch einen Kaffee, um den Anspruch auf ihren Sitzplatz auf der Terrasse nicht zu verlieren.

»Also Macbeth«, sagte sie und schöpfte wieder Wasser in ihren Verlängerten, und »irgendwie ist Trump ja arm«, schwadronierte sie weiter, »arm, weil er sicher nie geglaubt hat, dass er gewinnt. Es war nur ein Gag, diese Kandidatur, er hat geglaubt, dass er seinen Marktwert steigert. Dass Ivanka ihre Klunker leichter verkaufen kann. Dass es eine neue Realityshow gibt. Und dann das! Dann klettern die Balken nach oben, die ganze verdammte Wahlnacht lang. Die arme Melania. Die muss geglaubt haben, sie tritt ein Pferd.«

»Ein schottisches.«

»Möglich!«, schrie die Tiwald fast, und dann blätterte sie hektisch herum, bis sie zitieren konnte: »Akt zwei, Szene 4, ein kleines

Zwischenspiel, schon der Rückblick auf den Mord an König Duncan. Rosse, ein Adeliger, erzählt einem alten Mann, dass Duncan's horses … wart mal, hier: ›*Duncan's horses (a thing most strange and certain), beauteous and swift, the minions of their race, turn'd wild in nature, broke their stalls, flung out*‹ … also ganz schlimme Pferde, und der alte Mann bringt's auf den Punkt: ›*Tis said, they eat each other.*‹ Also die Pferde sind sogar ausgeflippt, sind aus ihren Ställen ausgebrochen und haben sich gegenseitig aufgefressen.« Triumphierend lehnte sie sich zurück.

»Was mir ja gefällt, sind die Minions.«

»Scherzkeks. *Joke cookie.*«

»Was heißt das eigentlich, ›minion‹?«

»Knecht oder Lakai kann das heißen. Oder Favorit. Favoriten ihrer Rasse, Lieblinge. Aber bitte, lass dir das auf der Zunge zergehen: Der König wird getötet, und seine Lieblingspferde fressen sich gegenseitig auf! Stell dir das einmal vor – lauter selbstfahrende Luxuskarossen, die in der Garage parken, und der König wird umgebracht und plötzlich donnern der selbstfahrende Porsche und der selbstfahrende Ferrari durchs Garagentor und …«

»Puh.«

»… und dann krachen sie Schnauze an Schnauze ineinander.«

»Aber ist der gute König nicht einer, der keine CO_2-Dreckschleudern in der Garage stehen hat?«

»Wahrscheinlich. Wahrscheinlich. Ja. Dramaturgisch muss ich mir das noch einmal überlegen.« Die Tiwald lehnte sich zurück und sah fast hitzig aus. Wie ein umworbenes Mädchen in einem Jane-Austen-Roman.

»Ok. Super. Also, du schreibst mir das zusammen. Was ich noch nicht ganz sehe, ist die Rollenverteilung. Wir können Trump nicht zum Mörder machen. Es kann keine Szene geben, in der er einen konkreten Menschen kaltmacht, und schon gar nicht angetrieben von Melania. Die schaut aus, als könnte das Husten einer Fliege sie umwerfen. Da ist also ein Konstruktionsfehler im Gebälk.«

»Ich weiß nicht, wo du hinschaust. Die ist taff. Unterschätz niemals ausgehungerte Leute! Vielleicht liegt da ja die Tragödie begraben: zwischen diesen Hungerrippen, die sie sich mit größter Disziplin herausziseliert hat. Und es ist ja die Tragödie der Melania, um die es hier geht. Ich sehe das so: Es ist kein Dolch, den Macbeth-Trump vor seinem inneren Auge sieht, sondern ein goldenes Mikrofon. Ein solides, goldenes Mikrofon. Oder noch besser: eine goldene Kamera.«

»Klingt wie ein deutscher Fernsehpreis.«

»Verführerisch auf jeden Fall, so, dass er unbedingt hingreifen muss. Und das mit dem Morden. Es ist natürlich weder ein Familienkonflikt noch ein politisches Drama. Wie gesagt, er wollte ja gar nicht ›König‹ werden sozusagen. Der Putsch ist ein anderer, der Putsch ist der des *angry white man*. Die Paradoxie von Donald Trump ist es, als reicher Ausbeuter dem halben Land suggeriert zu haben, er werde es vor reichen Ausbeutern schützen. Und zwar durch Rückzug ins Nationale. Nächste Paradoxie: Ein nationaler Fleckerlteppich, ich mein, nicht umsonst heißt einer der US-Bundesstaaten New Mexico, lässt sich erzählen, dass er erstens einig sei und zweitens America als solches. Geht also der angry white man her, beladen mit aller Schuld, die auf diesem Kontinent den first nations angetan wurde, und schafft die eine große Einheitserzählung, einen virtuellen Aufstand gegen alles, woran er und seinesgleichen schuld sind.«

»Und was killt er?«

»Schau in die Statistiken. Die hate crimes steigen an, sagen wir: Die diskursive Mauer ist gefallen. Er will eine Wall hochziehen und die andere einreißen. Die eine ist aus Metall und Ziegeln, die andere besteht aus so ätherischen Dingen wie Anstand, Solidarität,

Konsens. Also aus Ideen, die sich in Worten und Taten verkörpern lassen. Und diesen Wortkörper, diese Wall, reißt The Donald ein, indem er mit Worten scharf schießt.«

»Und das tut er, um König zu werden.«

»Genau.«

»Aber nicht nur eines Nachts.«

»›*O! full of scorpions is my mind, dear wife*!‹ – Akt 3. Nur sind die Skorpione, die sich in seinem Geist herumtreiben, nicht die Gifttiere des schlechten Gewissens, sondern die böse Absicht per se. Ich sehe ihn mit diesem Satz auch nicht Melania anjammern. Sondern vor ihr prahlen. Auf- und abstolzieren: ›Mein Kopf ist voll mit Skorpionen!‹«

»Die Toten sind also Metaphern? Konzepte?«

»Wer sagt dir, dass es an dieser Grenze nicht Tote geben wird? Oder Erschlagene auf den Straßen? Damit wäre der König ein Mörder über Umwege. Ein Handlanger. Einer, der Holzknüppel verteilt und Morgensterne, damit andere sie schwingen. Schau dir Putin an. Putin ist ein indirekter Mörder, ein Mörder über Umwege. Kein Wunder, dass die zwei sich so gut verstehen.«

»Aber hätt er all sein Scheinwerferlicht, seine Sichtbarkeit, seine Macht nicht einfach durch seine Trump-*Organization* haben können?«

»Nur mit der permanenten Erniedrigung, dass es etwas oder jemanden gibt, der über ihm steht. Der eingreifen kann, auch in einen Trump Tower. Das government als, in Trumps Augen, shadow government seiner selbst.«

»Also ist es nicht die Versuchung des goldenen Scheinwerferlichts, die ihn antreibt? Das wäre meine Inszenierungsidee gewesen für die Szene mit dem Dolch: kein imaginärer Dolch, sondern goldenes Scheinwerferlicht.«

»Stimmt. Nicht das goldene Mikro, nicht die goldene Kamera. Das alles hat er schon.«

»Sondern das Weiße Haus als Goldenes Haus. In einer Schneekugel, in die niemand hinein kann.«

Mike notierte sich: *White House as Golden House.*

»Aber da sind wir schon mitten im Stück. Mit dem Dolch, oder halt mit dem Golden House«, sagte die Tiwald, »und da passiert ja noch etliches davor. Wir sehen Macbeth beim Orakel, bei den drei Hexen. Vielleicht ist Steve Bannons Gesicht im Kessel zu sehen. Vielleicht mit einer Kamera von oben gefilmt. Und nicht zu vergessen: Es gibt eine Szene, in der nur über Macbeth gesprochen wird. Nämlich mit König Duncan, der später umgebracht wird, und ein paar Adeligen. Sie reden über eine Schlacht und wie tapfer Macbeth sich geschlagen hat und dass er jetzt was werden muss.«

»Mhm«, sagte Mike, um auch etwas zu sagen. Er malte Doodles um das Wort »Duncan« und dachte verliebt an Sabine.

»Ich hab gedacht, ich lass einfach ein paar Republicans miteinander reden. Über Donald. Über die Wahlschlacht gegen die Demokraten und den Erzfeind Obama. Wie tapfer Donald sich schlägt, obwohl er so ein grobschlächtiger, elender Unsympathler ist, den das Volk halt offenbar liebt. Das Volk! Wir brauchen übrigens einen Chor, gell. Auch wegen der Hexen. Das könnten übrigens lauter Leute aus dem Bezirk sein.«

Die Tiwald stellte sich schon verträumt vor, wie sich auf einen Artikel im *Bezirksblatt* hin lauter verschiedene Gestalten vor dem *Universum* aufstellen, junge Frauen mit pinkem Haar, hundehaltende Pensionisten, Englischlehrerinnen, Kellner, Grundwehrdiener, Supermarktregalschlichter. Alle.

Mikes Handy läutete eine Jazzversion der »Internationalen«, und er warf einen Blick auf die Uhr, während er ein paar Mal mhmte und ahate und versprach, er werde sich gleich auf den Weg machen.

»Ich muss dann Wahlkampf«, sagte er, »der Sommer ist bald vorbei, es geht los und immer loser. Bubi ist leider gut.«

»Die Österreicher stehen aus irgendeinem Grund auf den idealen Schwiegersohn«, sagte die Tiwald. »Und es hilft nicht, dass ein anderer von dieser Gattung grad vor Gericht steht wegen privater Zerschlagung einer staatlichen Institution zwecks Fütterung von Freunderln. Es hilft nicht.«

Mike winkte mit seiner Geldbörse, während die Tiwald noch einmal mit ihrem Chor anfing und nicht locker ließ, bevor ihr Regisseur sich nicht das Wort CHOR aufgeschrieben (»Denk an die Medien!«, schwärmte die Tiwald, »Facebook! Twitter! Wenn das kein Chor ist!«) und eingerahmt hatte.

»Bleib noch kurz da. Nur kurz«, sagte sie, als Mike bezahlt hatte. »Also dieses Gespräch zwischen den Republicans. Die reden über die Zukunft. Dass Obama unweigerlich fallen muss und dass man dafür den populären Idioten halt braucht. Ich würde gern einen, sagen wir, *rassistischen* Ausdruck verwenden. Ich weiß aber nicht, ob ich mich das trauen soll.«

»Das N-Wort?«

»Genau. Ich bin mir sicher, dass abseits der Kameras und abseits der Reporter, wenn sie ihre gepolsterten Türen hinter sich zugemacht haben, genau dieser und ähnliche Ausdrücke fallen. Warum sollte das Theater so was nicht abbilden dürfen?«

»Meinst du nicht, dass Schwarz schon unanständig genug ist?«

»Sicher. Deswegen sagen wir jetzt Türkis dazu.«

»Und was machen wir, wenn Blau gewinnt?«

»Na, du gehst zurück nach Deutschland.«

»Ich? Frisch verliebt? Never. Dann machen wir ein Stück. Und noch eins. Und noch eins.«

Sind das flashlights, die ich vor mir seh? Scheinwerferlicht,
und ich in seiner Mitte? Komm, lass mich fühlen –
ich hab dich schon und will noch mehr! Bis in den Bauch,
bis in die Eingeweide auch, das spotlight durch und durch.
Bist du echt, du Licht? Welle, Teilchen, alles?
Und wenn ich mir dies' Mikro kralle? Wird alles,
was ich sage, wirklich wahr? Das Gift? Die Galle?
Wird's dieses Land verändern, richtig
bleichen, diese false creation, diese aufgeblähte Qualle,
die Unterwasserwelt, in der nur Schlick und
Mief und Scheiße brodelt, angeblasen von
der alten Tante, die democracy
genannt wird und uns vor die goldnen Türme
den Schleim spuckt, der wie durchgewetzter
Kaugummi bloß alles bremst, was hier
geschehen muss, denn freedom, echter, das
wird mit dem Abschaum, der hier angespült
kommt, nicht passieren.
Mit Tombstones ist das Land gepflastert; das
Amerika, in dem ich aufwuchs, ist längst tot,
und ich, ich werd's uns allen gott-
gleich streitbar, geifernd, trampelnd wieder
herreden,
bis alles steht in alter Pracht, in neuem
Gold und Geld, die Welt in meinem Schoß.
We'll get the job done. Eins, zwei, los.

VIII THE MURTHERERS

»Also«, sagte Mike und ließ sich in den Sessel plumpsen, »wie war der Schulanfang?«

»Du fragst mich, wie der Schulanfang war? Ich frag zurück: Wie geht's eurem dirty campaigning?«

»Ich sag dir was: Ich öffne die Bürotür, ich ziehe den Herrn Knutkovsky an, mach meinen Job, denk zwischendurch an Macbeth und an Sabine, und wenn ich abends heimkomme, schenk ich mir eine Flöte Sekt ein, meiner Geliebten schenk ich auch eine Flöte Sekt ein, dann stoßen wir an auf das angenehme Leben, auf das minimale Engagement im politischen Schnickschnack und Hickhack, auf die richtigen Signalfarben bei den Halstüchern der Hinterbänkler, auf die Vorsitzenden aller Länder und Parteien – und auf die Liebe.«

»Du bist gscheit verliebt, gell?«

»Ich schwöre, weder Melania noch Lady Macbeth sind jemals so geliebt worden.«

»Ich weiß, was du meinst«, sagte die Tiwald und lächelte, »ich stoß quasi innen jeden Tag mit einem Glas Sekt auf die Liebe an, auch wenn ich immer nur am Wochenende zuhause bin, wenn nicht grad Ferien sind.«

»Und? Wie war er denn jetzt, der Schulanfang? Hast du schon Heimweh nach dem Burgenland?«

»Frag mich nicht. Eine Stunde war am Vormittag, eine einzige Stunde, und am Nachmittag hab ich mich schon hinlegen müssen.«

Mike tätschelte ihr die Hand. Seitdem ihm die Tiwald vorgerechnet hatte, was man in ihrem schreiberischen Umfeld verdiente, verstand er besser, warum sie sich an Vormittagen in eine Schulklasse am Stadtrand von Wien stellte und von deutscher Grammatik, der Steinzeit, Rechtschreibung und dem Römischen Reich erzählte.

»Bist nix mehr gewohnt nach den Ferien, hm?«

»Heute bin ich dafür gleich einen Teil der Strecke mit dem Citybike gefahren, ich hab mir gedacht, das darf ich meinem Körper nicht durchgehen lassen: eine Stunde mit fünfundzwanzig Teenagern, und nachher kann ich mich wegschmeißen.«

»Gibt's was Neues?«

»Die Mörder. Alles ist getan, der König ist tot, Lady Macbeth hat ihren Mann angestachelt ...«

»Darüber müssen wir auch noch reden.«

»Ich weiß. Aber hör mal zu. Vielleicht streichen wir das Gespräch zwischen Macbeth und der Lady, in dem es um die Ermordung Duncans geht. Oder wir machen daraus ein Gespräch über die Geburtsurkunde von Obama. Das war ja eigentlich versuchter Königsmord: nachweisen können, dass Obama nicht in den USA geboren wurde, sondern in einem der Staaten, die jemand wie Trump sicher nicht auf der Landkarte findet. Und ergo gar kein legitimer Präsident ist.«

»Ja, das gefällt mir.«

Die Tiwald machte sich eine Notiz: *birtherism -> Macbeth/Lady Macbeth über den Mord an Duncan (RUFmord an Obama)*!

»Und bei den Mördern geht's um Auftragskiller«, fuhr sie dann fort, »die Macbeth losschickt, um seinen Freund Banquo um die Ecke zu bringen. Weil: Banquos Kinder, haben die Hexen gesagt, werden einmal herrschen. Das schmeckt ihm natürlich nicht.«

»Wer ist dann Banquo? Also Duncan ist quasi Obama, obwohl wir da wohl jeglichen Skrupel aus dem Stück streichen müssen.«

»Genau. Es gibt kein Hin- und Herüberlegen. Das Golden

House, das Trump-Macbeth erscheint, macht ihn nur noch gieriger: ›*Is this The White House that I see before me?*‹«

»Und jetzt Banquo?«

»Da gibt's auch eine gewisse Auswahl. Er feuert ja ständig irgendwelche Leute, die ihm nicht passen.«

»Oder sie gehen selbst.«

»Oder sie gehen selbst. Aber Comey zum Beispiel, der FBI-Typ. Der wurde regelrecht abgeschossen.«

»Und die Mörder?«

»Also, halt dich fest. Das können wir fast wörtlich übernehmen. Hetzjagd geht so, auch wenn nachher nicht gemeuchelt wird. Der eine sagt in etwa: ›Mich, Eure Hoheit, haben die üblen Schläge und Stöße der Welt so zornig gemacht, dass ich, weil ich die Welt bespucken will, rücksichtslos geworden bin in allem, was ich tue.‹ Und der andere sagt: ›Und ich bin so erschöpft von allerhand Desaster, so hin- und hergezerrt vom Schicksal, dass ich mein Leben einsetze: um es zu reparieren oder es endlich loszuwerden.‹«

»Du feilst noch ein bisschen, gell?«

»Sure«, sagte die Tiwald mit einem tuckernden R wie in Hollywoodfilmen die Kellnerin an der Tankstelle, die Kaffee nachgießen soll. »Und Macbeth legt den *murtherers* die Hände auf die Schultern, so jovial, so Kommt-an-meinen-Busen-mäßig, und sagt: ›Ihr beide wisst, Comey war euer Feind.‹ Überhaupt, finde ich, gehört diese Szene in einem Loop gespielt. Lauter angry white men treten auf und jammern darüber, wie das Schicksal sie mit Füßen getreten hat und wie alle anderen daran schuld sind. Und Trump-Macbeth wiegelt sie auf, zieht sie dann an sich und erklärt immer wieder von Neuem einen Feind: ›Hillary war euer Feind. Der Mexikaner nebenan war euer Feind. Ihr wisst doch, CNN ist euer Feind.‹ Und gib dir diesen geilen Satz«, schwärmte die Tiwald weiter und zitierte: »›*Thence it is that I to your assistance do make love.*‹ – Also:

Daher mache ich Liebe mit eurer Hilfe. Also: Wählt mich, und ich liebe euch. Ich mache Liebe mit euch. I fuck you!«

Sie grinste und hob die rechte Augenbraue. Wahrscheinlich glaubte sie, dass das verrucht aussah. »*Masking the business from the common eye, for sundry weighty reasons*! Also: Das Business verbergen wir vor dem Auge der Gesellschaft, aus wichtigen, triftigen Gründen. Bitte, besser geht's nicht. Shakespeare forever.«

Sie stießen mit einem Hugo auf Shakespeare an. »Prost. Egal, ob er alles selbst geschrieben hat oder irgendein Earl oder gar eine ganze Versammlung von Earls. Es ist einfach großartig. Und du, Mike?«

»Hm?«

»Es ist dir nicht ganz wurscht, das mit dem Berater. Und Facebook und dirty campaigning. Oder? Bitte sag mir, dass dir das nicht wurscht ist.«

»Na gut. Es ist mir nicht wurst. Schön, dass du das sagst. Du hältst was auf mich, selbst in Zeiten akuter Liebe.«

»Vielleicht wird sie ja chronisch? Die Liebe?«

»Wenn's so weitergeht mit der Welt, dann bitte, soll sie ruhig chronisch werden!«

»Weißt du, was? Ich gesteh dir jetzt was. Damals, als die Bezirksvorsteherin mit dir im Schlepptau angekommen ist, hab ich mir gedacht: Wo hat sie diesen Schnösel her?«

»Diesen Piefke.«

»Nein. Ja. Gut. Den Piefke.«

»Da hatte ich noch die Haare gegelt, gell?«

»Mhm. Hat furchtbar ausgesehen. Und es hat mich total überrascht, dass du nicht auch so ein junger CDU-ÖVP-Türkis-Typ bist. Aus der Kommunikationsbranche? Ich hab gedacht, die ticken alle so, so, ich weiß nicht, slick und rasiert und proper und halt rechts der Mitte. Und erst, als wir über die Merkel geredet haben, hab ich kapiert, dass das bei dir zusammengeht: das Propere, das Hingreifen, und dieser Geist des Wir-schaffen-das. Wie sie's gesagt hat. Ganz einfach, hier ist die Lage, die Situation, jammert nicht. Erinnert euch an eure Menschlichkeit, wobei, so pathetisch ist sie gar nicht gewesen. Sondern straight und ganz simpel.«

Mike grinste, klappte sein Notizbuch zu und sagte: »Österreich hin oder her, auf jeden Fall hab ich jetzt die angenehmere Frisur. Das Leben ist schön.«

Und dann stießen sie auch noch auf das Leben an.

IX DER WILL JA NUR SPIELEN

Anfang Oktober glaubten alle, dass jetzt der Herbst und damit irgendwas Schlimmes überstanden sei (der Sommer, die Hitze, die Hundstage), hingegen etwas Schreckliches bevorstehe (der Herbst, der Winter, die Wahlen). In der Schule machte die Tiwald das, was sie in solchen Zuständen zu machen pflegte: Sie ließ die Kinder Herbstgedichte rezitieren und ging mit ihnen Wahlkampfplakate-Schauen. An einem Tag also erklärte sie, was »Flure« sind (»und auf den Fluren lass die Winde los«) und spielte den Kindern eine Vertonung des Rilke-Gedichts vor: »Wer jetzt kein Haus hat, baut sich keines mehr«, in der letzten Reihe begannen ein paar schon zu schunkeln bei diesen Zeilen, die im Lied als Refrain mehrfach wiederkamen. »Was für einen Titel würdet ihr denn diesem Lied, diesem Gedicht geben?«, fragte die Tiwald. »Baumax!«, schlug Pierre vor, und die Tiwald musste lächeln.

Tags darauf drehte die Gruppe eine Runde um die Schule und trug geschäftig Wahlkampfslogans in eine Tabelle ein. »Da schreibst du den Spitzenkandidaten hin oder die Spitzenkandidatin«, erklärte die Tiwald, »hier in diese Spalte kommt der Name der Partei, und daneben schreibst du bitte den Slogan. Zum Beispiel hier: ›Tun, was richtig ist. Für Österreich.‹« – »Frau Tiwald? Warum schaut der Mann so komisch?« – »Frau Tiwald? Was ist das Richtige für Österreich?« – »Das ist eine ausgezeichnete Frage, Zelal.« – »Frau Tiwald? Warum steht da auf diesem Plakat alles verkehrt herum?« – Die Tiwald kniff die Augen zusammen, schaute und sagte: »Schau. Stell dir vor, da ist eine Glasscheibe zwischen dir und der Frau auf dem Plakat. Sie kann lesen, was auf der Glasscheibe steht, aber du siehst es natürlich nur spiegelverkehrt. Was steht denn da?« – »Warten Sie … ähm … Arbeit geben?« – »Genau. Gut erkannt. Das ist tatsächlich etwas schwierig.« – »Frau Tiwald? Den da wähl ich. Der sitzt in einem schwarzen Auto und hat ein Handy in der Hand.«

Während die Tiwald geduldig erklärte, dass man eine Person nicht wählen sollte, weil sie auf einem Plakat gut aussieht, dachte Mike sich schon Kinder in seine Zukunft hinein, während er sich entspannt auf dem niedrigen, schicken Bett entrollte, in das er durch einen grandiosen Zufall, durch ein Geschenk des Schicksals, durch Fortunas Herumfuhrwerken hineingeraten war.

Wenn er sich zum Arbeiten hinreißen ließ, riss ihn auch nicht die ziemlich miese Stimmung in der Parteizentrale aus seinem Schwebezustand, nicht die Angefressenheit der Mittelgroßen, nicht die tief fliegenden Verbalbälle im Büro (als Deutscher konnte er noch immer nicht unterscheiden, was wirklich so gemeint war und was nicht, was noch als charmant durchging und was eigentlich schon purer Unflat war), nicht die Blässe im Gesicht des Spitzenkandidaten, nicht die Hirschal, die aussah, als würde sie jeden, der zu viel sagte, gleich beißen: Mittlerweile schrieben Zeitungen landauf und landab von jenem Berater, über den Mike mit dem Chef gesprochen hatte, und es sah nicht gut aus für die Partei. »Dirty«, fauchte die Hirschal, »campaigning, leckts mich am Arsch! Weil die Saubermänner von der anderen Seite ja immer so brav sind, dass sich sogar die Mütter mit ihnen fadisieren! Wer's glaubt, wird so selig, dass er bei den Erzengerln singen darf!«

Mike war in seinem Rosa-Watte-Zustand wie nebenbei stolz darauf, diese Dynamik vorhergesagt zu haben: In der Zwischenzeit war der Name des Beraters – ein jüdischer Name, markiert durch seine schillernde Anschaulichkeit – als Symbol für alles Schlechte und Verwerfenswerte in aller Munde, sloganartig, griffig, im Plural, als gäbe es tatsächlich die weltweite Verschwörung der Goldmarks und Apfelbaums, und es brauchte eine Professorin für Sprachwissenschaft, die in einer Zeitung zur Ordnung rief: Das Spiel mit jüdischen Namen sei gefährlich. Am Kaffeeautomaten sprachen zwei Genossinnen aus der Josefstadt darüber, dass es inzwischen Wiener Juden gebe, die blau wählten, »wegen den Moslems«. Alles war schauerlich normal.

Mike registrierte das alles wie im Nebenher, wie ein street photographer, der mit seiner Kamera durch die Viertel einer Stadt zieht und Schnappschüsse aneinanderreiht, bunte, stimmige Bilder von Gebäuden, Wetterstimmungen und Fremden. Er sagte nur das Notwendigste und freute sich darüber, so zackig zu klingen, so kompetent. Er telefonierte mit Kandidatinnen aus den Bundesländern und führte sie ins Landtmann aus, er spionierte, mit einem Steirerhut verkleidet, dem Bubi der Gegner bei einem seiner niederösterreichischen Auftritte hinterher und versuchte ihn mit gemütlich-österreichischem Rassismus ins Schlingern zu bringen, aber nichts da, das Bubi schlingerte trittsicher mit, sprach von der Balkanroute, die es geschlossen habe, lächelte sauber und tat eloquent; ab und zu redete er mit einer Brigade, die mit Wahlwerbung von Tür zu Tür geschickt wurde, sprach ihnen Mut zu und gab ihnen rote Gummibärli in kleinen Säckchen.

In allem schwebte er, ungetrübt durch irgendein Wässerchen und liebesimmun gegen die ekligen Seiten des Wahlkampfs. Die Tiwald schwebte nicht, sondern ging mit ihren Schülerinnen und Schülern die Programme der Parteien durch, die zur Wahl standen. Sätze wie: »Wir bekennen uns zum ländlichen Raum. Wir sind ein Land, dessen Kraft in seiner Vielfalt liegt« waren Dreizehnjährigen hier am Rand von Wien kaum zu erklären. Sie hatte sich auf die Absätze über die jeweiligen Vorhaben im Bereich Bildung konzentriert, von jeder Partei etwas ausgedruckt und ging ein paar Slogans durch, langsam, Schritt für Schritt.

»Ich hab damals, ich glaub, es war im Wiener Wahlkampf«, berichtete die Tiwald einmal, als sie mit Mike und Sabine Anfang September in einem Heurigen saß, »ungeheure Mühen gehabt, den Kindern den Slogan ›Bye, bye, Miethai‹ zu erklären. Ein grüner Slogan. Was ist ein Miethai? Und wieso Bye, bye? Und ich würde durchaus von den Teenagern auf viele Wahlberechtigte schließen. Wenn die Dreizehnjährigen das nicht verstehen, ist das auch fünf Jahre später nicht vorauszusetzen bei Leuten, die in keine höhere Schule gehen. Und das Beste – ich hab das mal einer grünen Partie erzählt, und eine kleine, schmale, ältere Dame hat gemeint, wer solche Inhalte nicht versteht, der gehört sowieso nicht zu den Grünen. Die hat nichts kapiert. Leider. Gott sei Dank haben die anderen zwei, die dabei waren, gleich vor Fremdscham die Luft angehalten.«

»Und was fordern die Parteien so, wenn's um die Bildung geht?«, fragte Sabine und wickelte sich dicker in einen enormen Schal ein, der schwarz war und ihr blondes Haar, das hätte die Tiwald auch von der anderen Seite des Heurigen gesehen, besonders apart hervorhob. Mike, Mike, dachte sie, möge dir dieses schöne Wesen erhalten bleiben, auch wenn sie nicht besonders gesprächig ist; sie lehnte sich auf der Heurigenbank zurück, schaute in den Himmel und referierte: »Mehr digitale Kompetenzen, sagen die Türkisen. Verpflichtende Deutschklassen auch im Sommer, wenn das Niveau nicht passt – ich freu mich schon auf die Ideen zur Umsetzung. *Talentmanagement*, das Wort kommt vor. Nicht Schulpflicht, sondern Bildungspflicht. – So. Bei der SPÖ hab ich erklären müssen, was der Slogan ›Ihr Kapital sitzt zwischen den Ohren‹ bedeutet, da haben ein paar meiner Schützlinge höflich gelacht. Dann sind wir zu der Passage gekommen, bei der allen Schülern ab der

9. Schulstufe ein Gratis-Laptop versprochen wird. Was soll ich sagen? Die Roten haben auf jeden Fall unsere Probewahlen aber so was von haushoch gewonnen. Es war ein ganz stark verzerrtes Ergebnis, normalerweise sind unsere Probewahlen ein recht treffsicheres Orakel. Es sind auch immer eine Handvoll blaue Stimmen dabei – manchmal mehr, als Kinder mit, sagen wir, Deutscheinzelsprache in der Klasse sitzen. Am blauen Wahlprogramm kann man übrigens wunderbar beobachten, wie man Spaltung in eine Gesellschaft bringt. Da ist alles aufgegliedert in Unfair und Fair, und beim Abschnitt über Bildung geht's natürlich zuerst darum, wie schrecklich die vielen Ausländer sind.«

Bildete sich die Tiwald das nur ein, oder hatte Sabine bei der Probewahl eine Augenbraue hochgezogen? Auf jeden Fall wickelte sie eine Hand aus dem Schal, winkte einem Kellner zu, bestellte noch eine Runde: »Damit wir auf die Gratis-Laptops anstoßen können«, und lächelte auf eine Weise, die die Tiwald Alfred gegenüber am Telefon als »schmal« beschreiben würde.

»Du, glaubst, die ist eifersüchtig auf mich?«

»Also wenn ich sie wär, wär ich auch eifersüchtig auf dich.«

»Aber ich hab erstens Speckringe an den Hüften –«

»Man nimmt die Dinge, wie sie kommen!«

»– zweitens fünf Dioptrien in der Brille, und außerdem mach ich ja nur ein Theater mit dem Mike.«

»Eben! Theater ist immer eine brenzlige Sache. Ob mit oder ohne Hüfte, mein kleines Speckwürferl.«

Und dann sagten sie noch, wie lieb sie einander hatten, und die Tiwald freute sich darüber, dass sie nicht Sabine war, sondern sie selbst.

X FLAK

Der Urbanek war einer, der Burgtheaterschauspieler auftrieb, um Gedenktafeln im Bezirk einzuweihen: Gedenktafeln für Menschen, die aus ihren Häusern, ihrer Stadt, ihrem Land vertrieben worden waren, weil Horden von Ekelpaketen geglaubt hatten, dass es so sein muss, es: das Reine, Schöne, Richtige und, nicht zu vergessen, das Echte. Das Echte musste geprüft, bewiesen, gestempelt werden, und wegen einer völlig verqueren Idee von Blut und Papier hatten sich Menschen zu Verbrechern an ihren Nachbarn und Nächsten gemacht. Der Urbanek wollte sicher sein, dass dergleichen nie mehr geschah.

Der Urbanek war überhaupt der ideale Stadtbewohner: Einer, der Frauen in der Straßenbahn verteidigte, wenn ein goldenes Wienerherz sie wegen ihres Kopftuchs angriff; einer, der einen Bunker pflegte; einer, der den Schaukasten eines Ex-Geschäfts mit Heimito-von-Doderer-Infos bestückte. Es gibt ideale Stadtbewohnerinnen, die wissen, welche Wildtiere in welchem Bezirk anzutreffen sind, und Dokus über die Falken des Stephansdoms drehen; es gibt ideale Stadtbewohner, die zu Flurreinigungsaktionen ausrücken und in Obdachlosenheimen kochen und in Kinderspitälern Kotze aufwischen.

Zu den idealen Stadtbewohnern zählen auch jene, die durch die Mauern schauen, durch die Stadt blicken und das Potemkin'sche Dorf erkennen, als das sich die heutige Metropole maskiert; diese Stadtbewohner wissen um die unsichtbare Archäologie, die abgetragenen Wirtshäuser, die niedergerissenen Häuser aus dem

18. Jahrhundert, sie kennen die verschütteten Gründe obskurer Straßennamen und erschrecken so sehr beim Anblick leerer, alter Häuser, dass sie Bürgerinitiativen gründen, um sie zu retten vor der Flachheit und Enge des 21. Jahrhunderts. Und vor der Geschichtslosigkeit eines Neubaus.

Der Urbanek war ein idealer Stadtbewohner aus vielen Gründen, und einer war dieser: Er kannte das Kanalnetz von innen und etliche Kirchentürme von oben. Er mochte, hatte er der Tiwald einmal erklärt, den Kitzel des Kletterns, die Körperlichkeit und Verausgabung, das Gewinnen gegen die eigene Faulheit und bisweilen die Schwerkraft. Die Tiwald glaubte allerdings, dass, wäre der Urbanek, sagen wir, Wirtschaftsingenieur geworden statt Historiker, er auch nicht lieber den Großglockner erklommen hätte als, sagen wir, einen Flakturm.

Es sei, sagte der Urbanek, wieder eine Exkursion geplant, und ob sie nicht mitklettern wolle. Nachts.

Die Tiwald brachte ihren Liebsten mit, den, der mit den Elfen redet, und der Urbanek zwei Männer, einen kleinen und einen großen, die ebenfalls eine nicht zu verrückende, verrückte Liebe zu Steinen, Spuren und Geschichte hatten. Die Tiwald war nicht sportlich, überhaupt nicht, und die versammelte Mannschaft musste sie unter leisem Prusten über die Mauer hieven, die zwischen ihnen und dem Turm stand. »Na servas«, fasste die Tiwald den Vorgang zusammen, »danke«.

Die Nacht war eine von der Sorte, die schon nicht mehr Sommer sind und noch nicht Herbst, also keine Mantelei wie Raumfahrtschutzanzüge, aber auch keine sommerleichte Kurzärmelung, und der »Schutz der Nacht« begann nicht erst um dreiundzwanzig Uhr. Das Grüppchen gelangte geordnet in den Flakturm hinein wie im Mittelalter die heimkehrenden Ritter in die Burg und fühlte sich wahrscheinlich ähnlich: In den hohen Gemäuern fällt das Gefühl für den Tag, für das Draußen, ab, die Feinde sind weit weg und die Wände tun so, als gehörten sie zu Kirchen und gäben ähnlichen Schutz. Schutz vor allem Bösen.

Wie die Gruppe sich bewegte: Das erinnerte sie, dachte die Tiwald, an Jungschar-Exkursionen, wenn die Erwachsenen kindsähnlicher werden, ohne Notendruck eine lockere Autorität des gemeinsamen Interesses annehmen, und im Idealfall strahlt das auf die Kinderschar ab und bildet eine Gemeinschaft, die zusammenhält unter der Ideenkuppel von etwas, das niemand je gesehen, sondern nur gespürt oder zu spüren behauptet hat. Und das alles zwischen hohen Mauern.

Sie plauderten miteinander und fotografierten, sie dokumentierten und reminiszierten. Folgten den breiten, grauen Stiegen, die sich, menschgemachter Nautilus, um die steinerne Achse hochwanden, die Feststiege nicht des Proletariats, sondern drunter noch: die des beherrschten, angstschwitzenden Menschen, des Lemmings. Und die Ruinen all dessen standen und staken in den – friedlichen – Nachthimmel.

Der Urbanek sagte vor dem Hintergrund der Gräue: »Immerwenn ich mir diese Mauern anschaue, diese absurden Mauern von damals, komm ich mir ganz leicht vor in meinem Leben, obwohl alle überall rechts werden und trotz Wahnsinn«, und sah dabei ganz filmhaft aus, wie der ältere, glatzgescherte Bruder von George Clooney. Der eine, den er mitgebracht hatte, hieß Gerhard und fotografierte mit einer wichtig großen Kamera rundum liebevoll alles, was an Schriftspur noch zu finden war, und die Tiwald schaute ungläubig auf ihr Handydisplay: »Der Architekt, Friedrich Tamms, ist gestorben, da war ich schon auf der Welt, da war ich ein Jahr alt«, und Alfred und der Urbanek neckten die Tiwald dann logischerweise, dass sie eben doch auch schon ein bisschen alt sei, und strahlten sie dabei an.

Alfred, den seine Haare umstanden wie der Wärmekreis eine Kerze, fühlte die Kälte der Mauern und fragte: »Ob die Kinder, die du unterrichtest, das alles auch noch irgendwie verstehen werden? Die sind ja dann nicht mehr gleichzeitig auf der Welt gewesen mit irgendwelchen Nazis.«

»Mach dir keine Sorgen«, sagte der Urbanek in einem Kaffeehaustonfall, »es sind genug Nazis auf der Welt für die Schüler jeder Generation«, und die Tiwald schwang wieder eine ihrer kleinen, überzeugten Reden auf die Integrität ihrer geborgten Kinder, die sie immerhin über Jahre begleite und die wesentlich besser zu erreichen seien, und zwar in ihrem moralischen Kern, als Emma Durchschnittsbürgerin in der Straßenbahn, die über Flüchtlinge zetere.

»Wo ist eigentlich der Mike?«, erkundigte sich der Urbanek auf einem der Zwischendecks, die wirkten, als warteten sie nur noch auf parkende Autoreihen, aber leer waren für Horden von Gespenstern. »Der sollte sich so was anschauen, wenn er den Macbeth machen will. Dort bei dem Geröllhaufen könnten sich die Hexen versammeln. Und ganz oben auf dem Dach könnte Macbeth Ausschau halten nach dem Wald von Birnam.«

»Wir haben schon einen ganz tollen Schauplatz. Nämlich das *Universum*«, erinnerte die Tiwald. »Und außerdem ist der Mike gerade so hochnotverliebt, dass er unabkömmlich ist. Wenn die Sabine nicht dicht an seiner Seite ist.«

»Oje«, grummelte Alfred, die Stirn in Falten gelegt. »Hoffentlich verhebt er sich da nicht …«

»Zumindest hat's noch keine Anzeige wegen Übergriffen gegeben«, meinte der Urbanek pragmatisch.

»Also ich wünsch ihm, dass das gut geht«, sagte die Tiwald. »Nur soll ihn die Sabine, wenn's leicht geht, dann nicht zu jeder Probe begleiten, und zu jedem Schritt, den ein Schauspieler auf der Bühne macht, ihren süßen Senf dazugeben.«

»Na, bis dorthin hat sich die Verliebtheit vielleicht schon abgeschmirgelt«, sagte der Urbanek, und »ah, ist das der Deutsche, den sich die Partei zugezogen hat?«, fragte Gerhard und fuhr fort, ohne vom Nicken aller anderen groß überrascht zu sein, »wissts ihr eh, wer die blonde Sabine ist?«

»Naa. Wieso? Wer ist die blonde Sabine?«

»Ha. Gut gelungene Tarnung. Gut behütet in Meidlung gewohnt, keine Presse, kein gar nix. Also die Sabine ist … die Sabine ist …«

»Geh komm! Mach's nicht so spannend.«

»Die Sabine ist die Ex-Freundin vom Kanzlerkandidaten.«

»Uh«, »ah« und »oh« kam es aus drei Richtungen zurück, und alle sagten, nein, das sei ihnen vollkommen unbekannt. Der Urbanek schüttelte den Kopf und fasste zusammen: »Wien ist ein Dorf. Ein großes vielleicht, eines mit einem Dom und einer U-Bahn und Sushilokalen, aber ein Dorf.«

»Mit den Menschen«, sinnierte Gerhard, »ist es wie mit Steinmauern. Oder von mir aus mit antiken Grabstelen. Oder Carnuntum. An der Oberfläche nur ein paar Brocken, aber wenn du ein bisschen gräbst, tut sich die ganze Geschichte auf, in ihrer ganzen Mächtigkeit. Na, wer weiß, was die Sabine eurem Deutschen noch alles auftut. Aber unpikant ist das nicht.«

»Hätt ich mir gleich denken können«, sagte die Tiwald, »wie er erzählt hat, auf was für einer Party das war. Dass das nicht irgendeine Fanin aus der zehnten Reihe ist, die fürs Fähnchenschwenken eine Belohnungseinladung kriegt. Interessant. Der Mike hat erzählt, er hat sie getröstet, weil sie geheult hat. Warum hat sie geheult? Hat ihr der Kanzlerkandidat auf der Party den Laufpass gegeben? War sie ihm nicht schön genug als First Lady?«

»Fragen über Fragen«, sagte der Urbanek, und der mit den Elfen redet – und die Tiwald mochte ihn gerade sehr – legte ihr die Hand auf die Schulter, zog sie an sich und schlug vor, das ganz Mikes

Sache sein zu lassen und nicht über eine Sabine zu spekulieren, die alle Anwesenden noch gar nicht zu Gesicht bekommen hatten. »Wer weiß, vielleicht tut sie ihm ja gut?«, meinte er noch und gab der Tiwald ein Bussi. Und die fühlte sich gut mit dem, der sie daran erinnerte, was es heißt, gut zu sein, und das ganz ohne wedelnden Zeigefinger.

Sie erreichten das Dach, und über ihnen war der Himmel so schwarz, wie der Himmel eines ziemlich großen, ziemlich riesigen Dorfs sein kann, das seine Straßen und Gebäude bescheint und beleuchtet.

XI EINE MELANGE HEBEN

»Gell«, sagte Özlem, »du denkst eh darüber nach, was du da so schreibst, oder?«

Die Tiwald schaute sie an, als sei sie nicht ganz bei Sinnen. »Also die écriture automatique überlass ich den toten Surrealisten, danke«, sagte sie und schüttelte den Kopf.

»Ah, immer so gescheit«, grinste die Özlem, »écriture, my ass. Ekritüre, Maniküre. Manno. Wir sitzen ganz schön fest in der Blase.«

»Also entschuldige, in Liesing ...«

»Wahrscheinlich sind die Kinder dort deine Rettung.«

»Das ist nicht nur wahrscheinlich, das ist sicher so.«

»Siehst«, sagte Özlem, die auch ein Diplomatenkind war, aber genau dieselbe Sorte Kinder unterrichtete wie die Tiwald auch, »und deswegen schau dir die Melania einmal quasi von unten an. Also nicht mit Blick in den Rock, mein ich. Sondern von dort, wo sie herkommt. Und was das ist: aufsteigen. Was ist sie denn für ein Jahrgang?«

»1970. Neun Jahre älter als ich.«

»Holla, dann ist sie schon näher an 50 als an 40.« Özlem pfiff anerkennend durch die Zähne: »In dem Körper steckt harte Arbeit, würd ich mal sagen. Well done.«

»Findest du nicht, dass sie verhärmt ausschaut?«

»Ha! Und genau deswegen, sag ich, sollst du denken.« Jetzt schlug sie auch noch mit der Faust auf den Tisch, hob dann die Hand und schwenkte einen Zeigefinger in Richtung der Tiwald:

»Eins ist sie nämlich nicht: ein Opfer. Die hat sich hochgearbeitet. *Gearbeitet*! Und ganz genau gewusst, wo sie hinwill. Falls sich noch irgendwer an Verona Feldbusch erinnert …«

»Hier wird Sie geholfen«, murmelte die Tiwald und beschirmte die Augen in einer Geste der Fremdscham mit einer Hand.

»Ja, ganz genau. Peter Ustinov hat mal mit ihr gearbeitet, ich glaub, eh für eine Werbung. Der hat in einem Interview gesagt, dass sie eine Geschäftsfrau ist, die genau weiß, was sie tut. So eine ist das auch«, dozierte Özlem, während die Tiwald nachdenklich nickte. »Ich weiß, es ist bequem zu sagen, dass Frauen einfach die Opfer von allem sind. Von einem Frauenbild, das ihnen aufoktroyiert, dass sie sich halb zu Tode hungern müssen. Von einem reichen Typen, dem völlig wurscht ist, wie sie innen drin ist in ihrem tollen Körper. Also erstens: Sie wollte nach oben, sie hat sich dafür ins beste Zeug ihres Lebens geworfen, und da ist sie jetzt. Und zweitens: Vergiss die Ost-Komponente nicht. Die kommt aus Jugolandia. Die hat den Kommunismus zumindest noch in seinen unstalinistischen Ausläufern erste Reihe fußfrei mitbekommen. Und sich für das Gegenteil entschieden. *Entschieden*! Das ist das Stichwort. Sie ist auf jeden Fall nicht arm. Never forget!«

»Lady Macbeth ist auch nicht arm«, warf die Tiwald ein, »höchstens am Schluss, wenn sie durchdreht.«

»Siehst du? Melania wird nicht durchdrehen. Sie nicht. Die ist knallhart.«

»Aber meinst du nicht, dass die Umgebung auch mitverantwortlich ist dafür, wie ein Mensch so wird – und dann halt auch ist?«

»Die Umgebung? Na ja, natürlich. Also Österreich ist sicher mitschuld an mir«, konstatierte Özlem in einem Ton, als würde sie gerade einen Aperol Spritz bestellen.

»Hm? Österreich mitschuld?«

»Also jetzt ehrlich, meine Liebe, in diesem Land des Stucks und des Schnörkels, wo einer fünf Stunden lang in seiner eigenen Pisse in einem U-Bahn-Lift herumliegt und keiner kommt auf die Idee, die Rettung zu rufen – und der krepiert dann –, ja, ich sag dir was, Leben in Österreich ist lebensgefährlich.«

Die Tiwald seufzte leicht auf. Sie aktivierte in sich die innere Siebzehnjährige, die auch eigentlich nichts anderes wollte, als diesem Land nach der Matura den Rücken zu kehren, aber die Siebzehnjährige tat sich schwer nach all den verbrachten Jahren, nach der Rückkehr aus dem Jahr aus – ja, das ist kein Scherz – Schottland, Macbeth-Schottland, wo die Tiwald als EU-Bürgerin das erste schottische Regionalparlament mitgewählt, mit einem Russischstudium begonnen und sich gefragt hatte, wie eigentlich ein regenfreier Tag aussah. Kurzum, die Sonne war für sie in Schottland nicht aufgegangen. Und Österreich war vielleicht noch immer schrecklich, aber nicht mehr ganz so schrecklich wie mit 17. Inzwischen bemerkte die Tiwald sehr wohl, was gut war an Österreich. Obwohl …

Özlem rührte inzwischen in ihrem Kaffee. »Dieser Slimfit mit den großen Ohren«, sagte sie, »der macht mich jetzt dann restlos fertig. Bisher war ich fertig, weil in diesem Land einfach die Kälte daheim ist. Ja, ich sag's dir, wie's ist, hier ist die Kälte daheim. Hier tun sie alle so privat, so introvertiert, so individualistisch, dass mir das Kotzen kommt. Am besten versteh ich mich mit meinem Kebabmann. Mit allen anderen … manchmal denk ich mir: Leckt's mich, ich geh in die Türkei zurück. In der Türkei, dort wissen sie, wie man umgeht mit Menschen.«

Mhmnja, dachte die Tiwald, machte aber keinen Muckser. Diese Art von Gesprächen kannte sie. Özlem, die ein Privatschul-Deutsch sprach, wie es die second generation kids in Liesing niemals hinkriegen würden, litt an Österreich mehr als jeder an Thomas Bernhard geschulte Österreicher. Und Ansagen à la »Kannst ja in die Türkei zurückgehen, wenn's dir hier nicht passt« (war ja alles schon vorgekommen) schlugen gemein in eine Kerbe, die schon offen da lag, seit Erdogan aus der Türkei ein Land gemacht hatte, in dem das tolle Türkentum noch ein paar andere Saiten aufzog als bloß die großartige Gastfreundschaft, die Offenheit, das gemeinschaftliche Leben.

»Wien darf nicht Istanbul werden«, fiepte Özlem, die Stirn gerunzelt, und rührte in ihrem Kaffee. »Dabei würde ein Schuss Istanbul dieser Stadt so was von guttun! Hier erstickt man ja am Schlagobers. Und an der braunen Soße. Und die Recken, die da schon in den Startlöchern stehen, werden uns noch den Rest verpassen. Wirst sehen.«

Sie schwiegen eine Weile. Die Tiwald wusste auch nicht recht, was sie sagen sollte. Sie stellte sich Özlem vor, wie sie von ihren Liebesgeschichten mit Frauen erzählte, Özlem, wie sie von einem gewissen Marko schwärmte, die kinderlose Özlem, natürlich unverheiratet, die Özlem, die heiter plauderte, Schmäh führen konnte wie ein Wiener Waschweib – und dann transferierte sie dieses Wesen im Geist in eine Türkei, die sie, wenn sie das Gebaren ihrer Schüler aus konservativen türkischen Familien so anschaute, kaum für den rechten Ort für so ein Wesen halten konnte. Obwohl: Welche Ahnung hatte sie schon von der Türkei außer dem Durchfall, den sie mit elf bekommen hatte beim einzigen Cluburlaub ihres Lebens? Und dem, was Ö1 brachte und Orhan Pamuk schrieb? Eben.

Aber wie trösten? Womit? Österreich, das Land der Ausgetrockneten, Österreich, das Land der Altlasten, Österreich, eines der reichsten Länder der Erde und trotzdem Heimat von lauter Jammerern.

Özlem schmollte in ihren Kaffee, hob dann den Blick und sagte: »Für uns alle ist ja nur das der Ausweg: Wir flüchten uns entweder über die Literatur oder das Kino oder meinetwegen über das

Theater in andere Zeiten oder andere Welten. Oder wir hungern uns dünn, lassen uns die Nasen operieren und landen im Hyperkapitalismus, wo wir wenigstens eine goldene Kloschüssel zum Reinscheißen haben. Und die Kontrolle. Die Kontrolle über alles. Also. Auf Melania. In Wahrheit ist ja, wie Thomas Bernhard richtig sagt, alles lächerlich, wenn man an den Tod denkt.«

Sie hob ihre Kaffeetasse. Die Tiwald hob ihre Kaffeetasse auch. Und sie stießen mit ihrer Melange auf Melania an, Melania, die der alten Welt ein Schnippchen geschlagen, Melania, die den Umzug ins Weiße Haus verweigert hatte, Melania, die New York war, wie New York nur sein konnte: mit Wurzeln im Anderswo, die völlig wurst waren, egal und gekappt, und mit Beauty als der stärksten Waffe. Ganz oben im Trump Tower. Mit einem Klo aus Gold.

»Willst du eigentlich ein Klo aus Gold?«, fragte die Tiwald.

Özlem wischte sich den Schaumbart von der Oberlippe und schleckte den Finger ab. »Na ja. Die Frage ist ja nicht, ob wir in ein Klo aus Gold machen wollen, sondern ob Melania das will. Sagen wir mal, sie will.«

»Aber ist das nicht wieder böse von uns, Melania zu unterstellen, dass sie ein Klo aus Gold haben will?«

»Sind wir nicht«, fragte Özlem zurück, »im Gegenteil schon wieder irgendwie unfair und, sagen wir: politisch unkorrekt, wenn wir Leuten, die im Kommunismus aufgewachsen sind, übelnehmen, dass sie ein Klo aus Gold haben wollen?«

»Wir verzeihen Ostblöcklern eher, dass sie auf Gold stehen? Wir müssen ihnen das sogar als zwangsläufig normal anrechnen – so doppelt- und dreifachmoralisch sind wir schon?«

»Einem jeden seine Vergangenheit.«

»Und der Trump? Der ist ja nicht aus Warschau.«

»Nein. Der ist nur aus einer ganz normalen, eingewanderten Familie.«

»Und das ist also eher die schwäbische Goldsucht in seinem Fall, meinst du?«

»Möglich. Der Schwabe und die Jugobraut. Passt doch perfekt. Im Golde vereint.«

»Im melting pot of nations, wo niemand irgendwo her ist und alle von irgendwo und niemand über so was spricht.«

»Wohingegen hierzulande sogar die Herkunft aus dem benachbarten Bundesland, was heißt Bundesland, Dorf!, einen suspekt macht.«

»Und jetzt zur Kernfrage«, sagte die Tiwald und stellte die Tasse ab. »Wen oder was bringt Lady Melania um? Also, im überschriebenen Theaterstück – was bringt sie da um?«

»Herrgott nochmal, Kathi«, sagte die Özlem da schnippisch, »musst du überhaupt irgendwas schreiben? Kannst du die arme Frau nicht in Ruhe lassen? Mir kommt das vor wie, wie, ich weiß nicht – Leichenfledderei am lebenden Subjekt oder so. Schreib über die wirklich wichtigen Sachen. Über Rassismus. Über die Unglaublichkeit, mit der Menschen im Mittelmeer bei vollem Wissen der Mehrheitsgesellschaft ersaufen. Solche Sachen.«

Die Tiwald, muss man sagen, die solche Reden schon kannte (oder: glaubte, sie zur Genüge zu kennen), lehnte sich ein bisschen zurück. Ein bisschen weg. Und schrieb innen auf, während sie sich ein bisschen dafür genierte, dass sie tatsächlich noch nichts über das Mittelmeer als Grab geschrieben hatte, und ein bisschen ärgerte:

Lady Melania, was bringst du um? Handlangerin – Beiseite-Sein, Bei-Seite-Sein. Bei-Fuß. Hündin. Brav.

Die Melange war noch fertig zu trinken, und die zwei hatten kein Gesprächsthema mehr bis auf ein paar Belanglosigkeiten, wie man sie eben sagt, wenn zwei zusammensitzen, die einander lange kennen; ein bisschen scherzen, ein bisschen Pläne, ein bisschen Herbst und Winter.

Die Tiwald fühlte sich nachher ein bisschen leer, ideenlos, unnötig, aber Gott sei Dank war sie alt genug, um zu wissen, dass so ein Zustand nicht lebenslänglich anhielt, dass er sich ablösen ließ von, wenn nicht der unbedingten Magie eines Einfalls wie noch mit Anfang zwanzig, dann doch von einer gewissen Einfallshaltigkeit, die beim Dranbleiben entsteht.

Sie überlegte noch, ob Melania am Tod von Flüchtlingen mitschuld sein könnte. Ob da also der Mord zu suchen war, der einer Lady Macbeth in einem neuen Stück angeschrieben werden konnte. Dann überlegte sie, ob sie mitschuld war. Dann dachte sie, dass sie mit keinem Minister und keinem Kanzler per Du war. Keinem was einreden konnte. Auch keinem was ausreden. Sie dachte an das eine Protestmail, das sie geschrieben, und die Petitionen, die sie unterzeichnet hatte, und dass sie die Richtigen gewählt hatte. Sie selbst, dachte sie, wüsste auch nicht, was sie als Politikerin tun würde gegenüber immer neuen und neuen Leuten, die ein besseres Leben in Europa suchten. Doch. Sie fühlte sich schuldig.

XII GIGI

»Na, selbstverständlich sind Politikergattinnen schuldig«, sagte Mike pfiffig, er war noch immer pfiffig, obwohl inzwischen das passierte, was alle Welt »es herbstelt« nannte und die Wahlen so was von vor der Tür standen, »das ist doch die ganze Prämisse von dem Stück! Deine doch auch. Sonst würde es doch reichen, irgendein anderes Königsdrama zu nehmen. Eva Braun, Eva Perón, Lady Mao.«

»Last but not least denken wir an die Frau vom damaligen Schweigekanzler«, komplettierte die Tiwald.

»Ah«, machte Mike, »da kenn ich mich nicht so aus.«

»Solltest du aber. Da gab's rumble in the jungle, angeblich, als der Herr Sch. damals mit den Blauen koaliert hat. Also daheim, mein ich. Da gab's sogar ein Solo-Theaterstück, ihr als Figur auf den Leib geschrieben, eine Schimpftirade, ein Enttäuschtheitsmarathon. Sie soll angeblich ausgezogen sein, kurzfristig.«

»Und dann?«

»Na, wird sie halt wieder eingezogen sein. Gut katholisch erzogen bleibt zusammen, auch wenn der Gatte dann schon schütteren Haars Aufsichtsrat in einem Atomkonzern wird, lang nach der Kanzlerschaft, und obwohl er der Ziehvater vom nachkommenden Bubi ist, der, fürchte ich, mein lieber Spin Doctor, wohl die Wahlen gewinnen wird.«

»Hm«, machte Mike und träumte auch davon, dass eine gewisse Frau ein Leben lang an seiner Seite bleiben würde, egal, ob er Atomkonzernaufsichtsrat würde oder halt nicht.

»Ich kann mich dunkel an eine Homestory in der *Krone* erinnern. Da durfte der Kanzler erzählen, wie er seiner Verehrten die Kohlen in den ich weiß nicht wievielten Stock getragen hat. Ich glaub, in den sechsten. Aber vielleicht ist das nur der Freud in mir. Sie ist ja auch Psychologin, soweit ich weiß, die Frau Sch.«

»Ist das jetzt alles Treue? Auch von Melania? Oder will man einfach sein Leben nicht verlassen, sein Milieu nicht, das angeborene – oder das, in das man sich so toll hineingeschlafen hat? Oder, Frage aller Fragen …« Mike trommelte auf die Tischplatte und stellte sie: »*Liebt* Melania Donald?«

»Kann man Geld von Liebe trennen?«

»Nachdem ich nicht Donald bin, kann ich das nicht beurteilen.«

»Ach. Nie verliebt gewesen in eine Frau, die weniger verdient hat als du?«

»Ich glaub nicht.«

»Und die … also die …«

»Hm?«

»Na, du weißt schon. Diese eine Deutsche.«

»Ach.«

»Ja. Die.«

»Also das war ja wohl kaum Liebe.«

Die Tiwald lachte plötzlich auf, als hätte sie einen köstlichen Witz gehört.

»Alter« – eigentlich sagte sie »Oida« –, »du bist in Wien. Sei froh. Da finden die Leute es wahrscheinlich witzig, dass du die Frau, die du angeblich, wie soll ich sagen, na, nennen wir das Kind beim Namen: die du begrabscht haben sollst, eh nicht liebst.«

»Liebe! Liebe!«

»Ich weiß. Ist eh kaum zu ertragen, wie über Liebe geredet wird. Ist da, ist wahr, aber wenn du eine Frauenzeitschrift aufmachst, trifft dich der Schlag. Da wird, ich weiß nicht, da wird so getan, als entstehe aus dem, was wir Liebe nennen, ein Exklusivanspruch, dessen Verletzung automatisch geahndet werden muss bis aufs Blut, notfalls bis zum Bruch einer Beziehung, in der man sich eigentlich pudelwohl gefühlt hat.«

»Na ja. Ist das Fremdgehen nicht wirklich ein Zeichen dafür, dass was nicht stimmt?«

»Wieso sollte es das?«

»Also entschuldige mal. Wer soll denn für deine Theorie ein Beispiel sein? Du etwa? Du mit deinem Pech-und-Schwefel-Alfred?«

Die Tiwald schnaubte und nannte den, der mit den Elfen redet, ihren besten Freund und die Liebe ihres Lebens.

»Sag ich ja«, murrte Mike. »Red du mir nicht von der Liebe.«

Die Tiwald lehnte sich vor: »Sag bloß, du willst gar nicht von der Liebe reden. Du. Du bis über beide Ohren, du. Das ist ja entzückend, wie du … also wie die Schmetterlinge dich umschwirren.«

Und dann biss sie sich auf die Lippen, weil sie ja was wusste, das Mike nicht wusste, und nicht wusste, ob sie sein Nicht-Wissen erhellen sollte. Plötzlich kam ihr vor, als hätten sich Wolken vor die Sonne geschoben, um sich live anzuschauen, wie sie da jetzt rauskommen würde.

»Ähm«, machte sie zunächst, andeutungsreich, aber Mike schnallte nicht, dass sie damit einen Faden auslegte, den er aufnehmen sollte. Vielmehr grinste er breit und strich sich mit der Hand über den Kopf, als ging's um ein Stellvertreterstreicheln, als säße die Geliebte mit am Tisch und hätte die Hand ausgefahren und in seinem sexy Haar versenkt.

»Du … ich glaub, ich weiß da was«, sagte sie schließlich.

»Was weißt du denn? Geht's noch um die Wahl?«

»Na ja … quasi. Aber he, vielleicht weißt du's sowieso selbst. Weil. Weil du bist ja verliebt und so. Ich hab da ja keine Erfahrung.

Ich hab keine Erfahrung damit, wie das ist, wenn einer was verschweigt.«

»Tiwald …?«

»Die Sabine. Weißt du, mit wem die vorher zusammen war?«

»Na, mit einem Ekelpaket.«

»Kann man so sagen.«

»Sebastian hat er geheißen.«

»Ah, du weißt das also eh?«

»Was soll ich wissen?«

»Mike.« Die Tiwald lehnte sich vor und schaute ihn an wie jemanden, bei dem man sich nicht sicher ist, ob man nicht doch auf der Baumgartner Höhe ein Bett reservieren sollte, und sagte dann, nachdem sie sich wieder geräuspert und unsichtbare Kringel auf den Tisch gemalt hatte: »Dieser Sebastian. Du weißt schon, welcher *Sebastian* das war. Oder ist. Oder?«

Mike schaute erst arglos. Und dann verrutschte die eine Augenbraue zur Nasenwurzel. Dann die andere. Die Nasenspitze zuckte und die Tiwald glaubte, sie sollte sich sofort aufschreiben, was auf diesem Gesicht vor sich ging. Es war wie Kino zum Anfassen.

»Du meinst …«

»Ja. Ich meine. Genau das mein' ich.«

»Entschuldige.« Er stand abrupt auf, das Tischchen wackelte, sogar der Umschlag vom Notizheft der Tiwald wackelte. Noch zweimal sagte Mike verwirrt »Entschuldige«, und schaute hin und her und ging ein paar Schritte, wie ein Hund, der sich abends im Kreis dreht, um die Schlafstelle glattzutrampeln. »Mike. Mike. Bitte«, sagte die Tiwald leise.

Er hatte die Hände in die Taschen gesteckt und setzte sich wieder. »Na, dann hast du ja … dann hast du ja die Politikerfrau als Anschauungsobjekt auf dem Präsentierteller«, sagte er schließlich leise, die Kraft draußen aus der Stimme.

»Aber das wollt ich ja gar nicht«, fiepte die Tiwald und genierte sich. Sie konnte kaum den Blick heben. »Ich will, dass du in einer schönen Liebe leben kannst, fertig. Es ist doch vollkommen wurscht …«

Mike knetete sich die Stirn. »Wurscht.«

»Ja. Wurscht«, bekräftigte die Tiwald.

XIII THE SHIT HITS THE FAN

Die Tiwald hatte sich gerade mit dem, der mit den Elfen redet, ein Nest im Bett gebaut, als das Handy klingelte. »Shit«, sagte die Tiwald, »hab den Ton nicht abgestellt. Sorry.«

Die Tiwald war zwar nie bei einem echten Sautanz dabei gewesen, aber das, was sich am anderen Ende der Leitung abspielte, kam klangmäßig sicher nah dran. Erst nach einer kleinen Weile fragte sie zögerlich: »Mike?«

Hinter der Schluchzkaskade machte sich eine Stimme bemerkbar, die erkannt werden wollte, und die Tiwald drehte sich vom Sprechkasten weg und flüsterte Alfred zu, wer das war. Und was wahrscheinlich im Busch war.

»Wart, ich schalt dich auf laut«, sagte die Tiwald, und: »Was? Nein!«, blubberte es auf der anderen Seite, »es ist mir ja so ... so ...«

»Jetzt sag nicht, dass es dir peinlich ist. Es tut dir weh. Fertig.«

»Es wär mir ja ... es wär mir ja egal gewesen ... aber ...«

»Sie hat Schluss gemacht?«

»Schluss ...«

Alfred runzelte die Stirn und schüttelte den Kopf.

»Sie hätte ... meinetwegen ... die Ex-Frau von Haider gewesen sein können«, kam es in Bruchstücken aus dem Handy, »es wär mir ... schnurzpiepegal gewesen. Clean slate ... sie war ja ...«

Und weiter Weltuntergang.

»Soll ich nach Wien kommen?«, fragte die Tiwald ratlos, während Alfred seufzte, sich die Augen rieb und brummelte, dass, wenn es gar nicht anders ginge ...

»Ich beim Schreiben von solchen Gesprächen immer besser als dann, wenn's wirklich um die Wurst geht«, flüsterte die Tiwald ihrem Liebsten zu, während Mike sich langsam ans Ende seiner Panik heulte. Schniefend erkundigte er sich, wann denn wieder zu rechnen sei mit der Tiwald in Wien, und als er sich daran erinnerte, dass sie einem anständigen Beruf nachging, der ihre Anwesenheit erforderte, ebbte sein Weinen ab.

»Gib ihn mir einmal«, sagte Alfred, streckte die Hand aus und erzählte Mike am anderen Ende, dass er nicht alleine sei. Dass er sich einen ruhigen Ort schaffen solle – »aha, eh zusammengeräumt bei dir? Das ist gut« – »Nicht die Wände beschmieren! Das bereut man nachher!«, krähte die Tiwald – und dass sie beide, die Tiwald und er, falls es ganz schlimm würde, erstens gern in die Hauptstadt ausrücken, sich zweitens aber auch ein Zimmerchen hier am Hof im Burgenland finden würde.

Für eine Weile kam aus dem Handy nur ein schweres Atmen.

»Hast du Chips zuhause?«, fragte die Tiwald sanft. »Wenn ich fertig bin, ess' ich immer Chips.«

Sie fachsimpelte noch ein Weilchen über diverse Kalorienbomben, die man als Seelentröster missbrauchen könne, bis einem der eigene Kummerspeck auf die Nerven gehen und man ganz von selbst in einen Zustand geschäftiger Bewegung geraten würde; irgendwann entlockte sie Mike sogar ein hörbares, kleines Lachen, begleitet von dem Kommentar »Ihr Ösis«, was die Tiwald als gutes Zeichen wertete.

Als sie Mike schließlich in seine ganz private, einsame Nacht entlassen hatten, lehnte sich die Tiwald auf ihren schmalen, zusammengebauschten Polster (den anderen hatte ihr Liebster sich gekrallt, der fast im Sitzen schlief), schaute an die Decke und fragte, ob es sehr abwegig sei zu denken, dass Sabine sich Mike absichtlich geangelt habe, absichtlich den kleinen Politberater der

Gegnerpartei in sich verliebt gemacht habe, eine türkise Honeytrap sozusagen, und da sei jetzt der Salat, und dieser Salat sei noch viel schlimmer als die Vorstellung, der Slimfit gewinne die Wahl. Wer weiß, fabulierte die Tiwald, was er ihr im Dusel der Gefühle alles anvertraut hat? Und dann geht die eiskalte ÖVP daher und wirft alles in die Wahlschlacht?

Alfred lugte mit einem Aug aus seinem Polsterberg hervor und sagte, dass das Pferdchen, auf dem ihre Fantasie da galoppiere, schon sehr flott unterwegs sei; dass es aber lieb sei, wie sie sich mit solchen interessanten Geschichten um sein, Alfreds, Wohlergehen bemühe, das bei der Aussicht auf das Wahlergebnis – und mögliche Konsequenzen – sowieso schon angeknackst sei.

Die Tiwald machte ein glucksendes »Hm«. Dann bekundete sie, dass sie Alfred lieb habe. Die Minutenzeiger auf der Armbanduhr, die auf dem Nachtkästchen lag und laut tickte, bewegten sich weiter; draußen schrie ein Käuzchen; von weit weg war ein LKW zu hören, wie ausgeschnitten in der Stille rundum (sternenklare Nacht), und wir breiten den Schleier des Schweigens darüber, was sonst noch geschah.

XIV EIN NEUES KAPITEL

In seinem inzwischen üblichen Zustand, einem, der aus einer Verknödelung seines Inneren bestand und nach außen wirkte, als könne er seinen Blick nicht heben, sich niemals mehr aufrichten, saß Mike der Tiwald gegenüber. Der Oktober war ungewöhnlich warm, sie konnten noch draußen sitzen, ohne von Heizschwammerln bewärmt zu werden; die Tiwald musste nicht ans Klima denken, weil sie keine Heizschwammerln beanspruchte, und musste doch ans Klima denken, weil es zu warm war. Trotzdem war sie dem Wetter dankbar, in sonniger Stimmung – sie war leider ein wetterfühliger Mensch –, und goss zwei Schluck Wasser in ihren Verlängerten.

Aus Projektgründen gab es dieses Treffen nicht, es gab dieses Treffen Mikes und seines Zustands wegen, also war es doch ein Projekttreffen, denn Mike musste moralisiert und aufgerichtet werden. Schließlich ließ sein Sein im Moment nicht die Schlussfolgerung zu, dass er zu kreativer Arbeit fähig war, und die musste er unbedingt leisten, denn die Tiwald war kein visueller Mensch und freute sich immer wie ein Kind über den Weihnachtsbaum, wenn sie ihre Texte in anderer Leute Inszenierungen sah, sie selbst hielt sich dazu für völlig unfähig.

Also gurrte und schnurrte sie Mike an, machte ihre halbgaren Schmähs von der Sorte, wie sie ihren Typen immer zum Lachen brachte, und ließ sich sogar zu unsolidarischen Bemerkungen anderen Frauen gegenüber hinreißen, die sie ins Allgemeine erweiterte; sie hörte sich selbst reden und nahm sich vor, niemals dergleichen irgendwo zu verschriftlichen, weil sie sich schon im Moment, als diese Plattitüden ihren Mund verließen, dafür schämte. Deswegen sagte sie, sie nehme alles sofort zurück, es handle sich keineswegs um einen Fall kondensierter Schrecklichkeiten des weiblichen Elements, sondern um eine rein auf die Person zu beziehende Unart. Dann schämte sie sich sogar dafür, weil sie ja gar nicht wusste, wie die Person beschaffen war, hielt aber hinterm Berg damit, denn wie sie das Mike auseinandersetzen sollte, der offenbar vom Liebeskummer niedergedögelt war wie ein poröses Mauerstück von einem Vorschlaghammer, das wusste sie nicht.

Es war ganz schön verfahren, weil Mike nicht erreichbar schien, bis etwas passierte, das offenbar die gütige Thalia, Muse der Unterhaltung und Beschützerin des Theaters, eingefädelt hatte.

Die Tiwald packte Mike am Unterarm, als ging's darum, ihn vor dem Ertrinken zu retten, und zischte »Mike!«, während ihr Blick ganz woanders war. »Schau … Tschuldigung! Können wir zahlen? Herr Ober! Mike! Renn der Frau da nach. Der dort. Mit den langen Haaren und dem grauen Pullover. Jetzt. Mach! Schnell!« Sie fuchtelte mit ihrem Arm und hüpfte auf dem Kaffeehaussessel auf und ab wie ein ungeduldig aufzeigender Einserschüler, der nie drankommt, und weil Mike sie nur verwundert anschaute, verpasste sie ihm unter dem Tisch einen Tritt gegen das Schienbein. »Aus jetzt mit der Waidwunderei! Auf! Ihr nach! Ah, wurscht«, sie wedelte mit einem Zehner und prackte ihn auf den Tisch, als sie von Weitem den Ober in Annäherung begriffen sah, rief »Stimmt so!« und zerrte Mike am Ärmel mit sich.

»Was bitte … au!«, sagte Mike. »Lässt du mich auch wieder aus?«

»Da vorn. Bitte schau dir die an!«

»Wie denn? Ich seh nur einen grauen Pulli und lange Haare.«

»Komm jetzt!«

Mike hatte gar nicht gewusst, dass die Tiwald so einen Befehlston aufziehen und so flott sein konnte, sie dachte offenbar gar nicht daran, ihn loszulassen, und zog ihn in einem Affentempo an ein paar Bäumen und Fußgängern vorbei, bis sie die Dame im grauen Pullover erst von der Seite und dann, beim Zebrastreifen, wie zufällig von vorne betrachten konnten.

Mike schluckte.

Die Tiwald nickte.

»Die schaut aus wie die Melania!«

Die Tiwald joggte am Platz vor lauter Aufregung: »Sag ich ja! Das ist sie! Wir haben sie!«

»Und was machen wir jetzt?«

»Na, anreden.«

»Wer? Ich?«

»Du bist der Regisseur, oder täusch ich mich?«

»Aber du hattest die Idee.«

»Ich bin aber schlecht, ganz schlecht, wenn ich wildfremde Leute von irgendwas überzeugen soll. Ich hab als Studentin schon vorgehabt, für Greenpeace zu keilen, einfach weil ich üben wollte, wie das geht. Aber ich hab's nie gemacht, und mittlerweile verdien ich als Lehrerin gut genug, damit ich's nicht mehr machen muss, und hab auch genug zu tun, deswegen liegt dieser Plan im letzten Hinterstüberl von meinem Gehirn.«

»Und jetzt? Ich bin ein Mann. Ich kann sie nicht einfach anquatschen.«

Die Fußgängerampel schaltete auf Grün, und die Frau, die aussah wie Melania Trump, machte sich daran, auf ihren langen, schlanken Beinen, mit den langen, schlanken Armen schlenkernd, den Zebrastreifen zu überqueren. Sie hatte überhaupt nichts von diesem übertriebenen Hüftschwenken, diesem pferdartigen Aufsetzen von Fuß vor Fuß, wie Models es am Catwalk praktizieren. Sie war bezaubernd.

»Und?«, sagte Mike, nicht ohne eine gewisse Aufregung zu spüren. »Ich kann nicht. Ich kann einfach nicht. Die sagt niemals Ja, wenn ich sie anquatsche.«

Zum Glück kam gerade der 43er um die Kurve gefahren und entleerte sich Körper für Körper.

»Wir haben noch eine Straßenbahnfahrt lang Zeit«, flüsterte die Tiwald und lotste Mike resolut und unter den entrüsteten Blicken einer älteren Dame durch den Ansturm der 43er-Passagiere zum Doppelsitz genau neben der Frau, die sich auf den schräg zur Fahrtrichtung montierten Einzelplatz gesetzt hatte.

»Mach was«, flüsterte Mike, als die Straßenbahn langsam losruckelte. »Vielleicht steigt sie schon bei der Schwarzspanierstraße aus, dann ...«

»Dann gehen wir ihr einfach weiter nach.«

»Das geht doch nicht! Die wird glauben, wir sind von der Geheimpolizei ...«

Dann klingelte das Handy in ihrer Tasche, in Melanias Tasche. Die Tiwald krallte eine Hand um Mikes Knie. »Au«, sagte er ungehalten, kurz bevor Melania mit manikürten Fingernägeln über das Display strich, die Haare zur Seite warf, um das Ohr freizulegen, »Allo?« sagte und nach kurzer Pause zwei, drei Sätze.

»Oh mein Gott«, sagte die Tiwald tonlos. »Das ist Arabisch«.

Mike sank ein Stückchen weit in seinen roten Plastikschalensitz. »Ach schade. Das können wir ...« Melania legte auf, und »Entschuldigung«, hörte er da die Tiwald sagen, »hal anti min Suurija?«

Melania drehte sich zu den beiden um, zu dem graugesichtigen Mann im Parka und der bebrillten Pferdeschwänzigen, lächelte und sagte: »Ja.«

»Wir ... äh... entschuldigen Sie bitte.«

Die Tiwald stellte erst sich vor, dann Mike, Melania deutete auf sich und sagte: »Fatima.«

»Entschuldigung, dass wir Sie so einfach anreden, Fatima«, sagte die Tiwald, merkte aber sofort, dass der glasige Schleier des Nichtverstehens über die Augen ihres Gegenübers zog. »Oh, I'm sorry. Is it ok if we speak English?«

»Ah, yes, English. Meine Deutsh is nicht so gut. Aber probieren Deutsh. Ich … gehe Kurs A1. Hier bei Cahmbus Universitätt.«

»Ah. Ich verstehe. I'm sorry if this comes as a bit of a surprise, but …« Die Tiwald schaute Mike tief in die Augen, dann wieder zu Fatima. »Wir« – sie deutete auf Mike, dann zu sich und wieder zu Mike –, »arbeiten im Theater.«

»Ah, Theater! Ja. Schun. Wait. Sch-öön. Ööö is schwer.« Sie lächelte. »Ich bin Taxi fahren in Surien. Üüü. S-üürien. Jetzt in Österreich Deutsch lernen. Wichtig.«

Oh Gott, sie strahlte. Sie strahlte, wie Melania sicher niemals strahlte.

»Fatima«, sagte die Tiwald und lehnte sich ein wenig vor. »Bitte don't be very surprised now. Don't say Nein straight away, ok? Wir arbeiten für ein kleines Theater. Sehr klein.«

Sie machte eine Ich-hüte-das-Küken-Geste.

»Er ist Regisseur. Director. Er ist ein bisschen krank jetzt. That's why he's so quiet, he can be very different.«

»I'm sorry«, fiepte Mike und richtete sich auf.

»We are preparing a play about … also … wir machen ein Theaterstück. Und …«

»Es ist ein Stück über Melania Trump«, sagte Mike, der sich irgendwie wieder gefunden hatte und es für wichtig befand, der Tiwald das Wort abzuschneiden.

»Genau«, sagte die giftig und schaute ihn an. »Über Melania Trump.«

»Ah, Trump, the wife. Frau«, sagte Fatima nickend. »Entschuldigung. Hier Cahmbus.«

Die Straßenbahn hielt und ließ die Türen aufgleiten.

»Please take my card«, sagte die Tiwald rasch, indem sie aufhüpfte und Fatima ein zerknuddeltes Stück Karton in die Hand drückte, »I think it would be great if you could play her«, tat's und da war Fatima schon draußen, drehte sich um, rief »Danke!« und strahlte und ging davon.

»So, das war's dann wohl«, murmelte Mike müde.

Die Tiwald schaute auf die Uhr. »Halb vier«, murmelte sie und schrieb sich die Uhrzeit samt Datum auf ein weiteres zerknuddeltes Stück Karton. »Ich schau im Internet nach, ob ich den Kurs find.«

»Du bist schon irgendwie ein Klammeräffchen«, sagte Mike.

»Und du nicht? Ich sag nur: blond und Freundin vom Spitzen…«

»Bitte sei leise. Bitte.«

Sie schwiegen eine Weile und stiegen bei der Alser Straße aus, wo sie sich trennten.

XV KLEINE KEKSE BACKEN

Wahlabend war; einer von Alfreds und Isas Söhnen war mit seiner Familie gekommen, die ganze Partie war in die Therme gefahren. Die Kleinste in der Runde ließ sich in ihrem Mini-Bademantel wie eine kleine Regentin durch die Halle tragen und probierte ihre Schwimmflügerl aus; die Tiwald hütete ihr Einweg-Telefon, auf das ab siebzehn Uhr die Anrufe ihrer Schülerinnen und Schüler eingingen. Letzter Teil des Wahlprojekts: Anruf bei der Lehrerin, Durchsagen der Hochrechnungen. »Also die ÖVP hat 31,47 Prozent«, berichtete Almin, »SPÖ plus null komma nullvier«, brummte Aleks, »Hallo. Hier ist Philipp. Was soll ich jetzt sagen?«, »Grün – drei komma achtzig«, sagte Sara, »… und die FPÖ hat mehr wie fünf Prozent dazu. Mehr als fünfundzwanzig Prozent. Hab ich's richtig gemacht?« – »Goldrichtig, Azra«, sagte die Tiwald, die am Montag frei hatte und für die ganze Klasse, weil wirklich jeder und jede angerufen und somit die Hausübung erledigt hatte, ein ganzes Blech voller runder Mürbteigkekse mit Schokokreuzen darauf backte.

»Schaut mal. Was glaubt ihr, warum habe ich diese Kreuze auf die Kekse gemacht?«, fragte sie, als sie den Teller präsentierte.

»Weil wir alle ein Plus bekommen?«, krähte Azra glücklich aus der ersten Reihe, und Berfin wedelte mit zwei Fingern, um unbedingt loszuwerden, dass das doch wegen den Stimmzetteln sei. Weil man da auch ein Kreuz machen müsse.

»Genau«, bekräftigte Frau Tiwald, sprach großes Lob an alle aus und ihnen ins Gewissen, auf jeden Fall, bei Besitz der österreichischen Staatsbürgerschaft, das Wahlrecht in Anspruch zu nehmen, was für Leute in der zweiten Klasse einer NMS in etwa vier Jahren schlagend werden könnte; eine irrsinnig kurze Zeit, bloß ein Wimpernschlag in der Geschichte. Danach wandte sie sich wieder dem Geschichtsunterricht zu: dem Entstehen von Hochkulturen.

XVI +

An dem Tag, an dem allerhand geschah, an dem Tag nämlich, als zum Beispiel ein ehemaliger Wehrsportler als Vizekanzler angelobt wurde; einer, den Nazi zu nennen nach entsprechendem Gerichtsurteil (in erster Instanz) erlaubt war, als Minister; wiederum ein anderer, der laut Posting eines SP-Landesrats »der begnadetste Kommunikationsstratege seit Joseph Goebbels« war, ebenfalls als Minister, und der Kanzlerkandidat als Kanzler angelobt wurde, an genau dem Tag schloss im Krankenhaus von Oberwart der Großvater der Tiwald die Augen, wie man sagt, für immer, nach einer Lungenentzündung, nach einem Tag des Dämmerns und der letzten Besuche, nach dem Streicheln seiner Hand und nachdem er gewartet hatte, bis auch seine Tochter das Zimmer verlassen hatte.

In der Nacht noch der Besuch bei dem Toten; der eben noch gelebt Habende unter einer bunten Batikdecke, die die Schwestern über ihn gebreitet hatten; im Gesicht noch leicht das Leben, noch leicht die Wärme, ein letzter Kuss auf die Stirn.

Am nächsten Tag fühlte Katharina Tiwald bis in die letzten Fingerspitzen, in die letzten Aderzipfel, bis in die äußersten Wimpern sich durch das Weinen hindurch lebendig wie kaum zuvor: Die Wucht, schrieb sie auf, des Wunders, das wir Leben nennen.

Das war der zentrale Gedanke ihrer Grabrede, die sie in einer kleinen Kirche im südlichen Burgenland hielt, an einem absurd warmen Dezembertag; auf die Sängerin, die Violinistin, den Organisten wartend, die Alfred ihr geholfen hatte zu engagieren, saß sie auf dem kleinen Bänkchen vor der Kirche, schaute hinein ins Tal, blickte auf die Hügelkämme, die in einer funkelnden Schönheit am Horizont angeordnet waren, aufgebreitet, beschienen, als hätte die Sonne den Auftrag, auszurichten, dass jemand es gut meine mit der Welt.

Beim Einzug des Priesters und der Ministranten strömte von der Empore Bachs Arie »Bereite dich, Zion …« in Stimme, Violine und Orgel.

In der Grabrede erzählte Katharina außerdem, dass ihr Großvater im Jahr von Schattendorf zur Welt gekommen sei, 1927; dass er habe einrücken müssen in den Zweiten Weltkrieg und den Sommer 1945 in einem der alliierten Gefangenenlager entlang des Rheins verbracht habe, in einer Erdhöhle auf freiem Feld; dass er Lehrer gewesen sei, et cetera. Jetzt, sagte sie, sei »unsere Rabiatperle« zu jenem Ort gegangen, für den wir nur Metaphern haben.

Dann sang die Altistin auch noch »Bist du bei mir, geh ich mit Freuden zum Sterben und zu meiner Ruh«, begleitet von Orgel und Geige. Die Menschen fädelten sich aus der kleinen Kirche, der Sarg wurde herausgerollt und um die Kirche herum bergan. Die Tiwald fühlte sich wie aus der Zeit gestoßen: Darstellerin in einem Film, in dem sie nie hatte mitspielen wollen.

Bruder eins hakte sich links unter, Bruder zwei rechts. Bruder eins sagte: »Kannst du dann mein Begräbnis bitte auch organisieren?«, und die Tiwald bat sich aus, dass sich Bruder eins noch Zeit lassen solle.

Am Grab ging es ans Eingemachte. Ins Eingemachte. In die Erde. Der mit den Elfen redet war auch da, die Tiwald heulte ihm das Sakko nass. Dann der Zapfenstreich: Auf dem grünen Gras stehend spielte ihn ein junger Trompeter, der wahrscheinlich älter war als der Großvater der Tiwald, als er mit siebzehn irgendwo in Polen auf sowjetische Soldaten schießen sollte. Den Zapfenstreich, die Melodie, die Militärs in die Betten ruft, hatte sich der Großvater als

Grabmusik gewünscht, als seine Tochter, Frau Tiwald, anlässlich seines 90. Geburtstags auf die Idee gekommen war, ihn damit zu überraschen; tatsächlich hatte sich ein ausgezeichneter Trompeter gefunden – der orthopädische Schuhmacher der Marktgemeinde –, und ungesehen vom Großvater – Frau Tiwald hatte ihn noch resch genötigt, sich ein Hemd anzuziehen, es sei zwar August, aber trotzdem solle er sich nicht verkühlen – auf der Terrasse Position bezogen. Der Großvater hatte aufgehorcht und aufgeschaut, mit gerunzelter Stirn, als die Trompetentöne über den Garten zogen, und hinter ihm standen die beiden Frauen und hatten Tränen in den Augen.

Also wieder der Zapfenstreich.

Der Sarg war versunken.

Sie schauten noch einmal hinunter, auf die ferne Holzkiste, und warfen Blumen dorthin, bevor alles zugegraben wurde. (Etwa ein Jahr danach träumte Bruder zwei, wie er erzählte, davon, neben dem Opa von einem Hügel aus dessen eigenes Begräbnis beobachtet zu haben, und der Opa hatte gebrummelt: Nicht einmal *das* machen sie gscheit!)

»Auf Wunsch des Verstorbenen«, verlautete der Bestatter, »sind alle Anwesenden zum Leichenschmaus ins Gasthaus eingeladen.«

Mike, der wie ein Schauspieler, den man beim Casting für Nosferatu abgelehnt hatte, unter der Trauergemeinde gestanden war, fuhr im Auto der Brüder mit in die Marktgemeinde. Alle Anwesenden waren nicht gekommen, aber Freunde der Frau Tiwald, die erweiterte Verwandtschaft, Cousinen, Cousins; Leute, an denen sich schön zeigte, wie ein Leben Verästelungen treiben kann, ein Baum wächst; sie saßen freundlich an ihren Schnitzeln und Gemüselaibchen und plauderten und erinnerten sich.

»Ich glaub, ich bin hier der Traurigste von allen. Wie peinlich«, meinte Mike, der sein Schnitzel mit der Gabel dekorierte wie ein

Holzwurm ein Schneidbrett. Die Tiwald, die vor lauter Verwandten gar nicht so viel Zeit hatte, tätschelte ihm die Hand, aber ihre Großtante Resi, die im Gegensatz zur Tiwald wusste, wie man Kühe melkt und einen Traktor lenkt, unterhielt sich mit diesem Deutschen und bemühte sich, wie die Zeitung zu reden; der Bruder der Frau Tiwald erzählte ihm von einer Reise auf der Queen Mary nach New York, und Bruder zwei gab ihm Tipps gegen die zähen Verspannungen im Nacken.

»Jetzt iss dein Schnitzel«, sagte die Tiwald und erzählte davon, wie und was ihr Großvater gern gegessen hatte. Und dass er damals, im Lager an den Rheinwiesen, hatte hungern müssen. Dass es einen Tagebucheintrag gebe, in dem er an seinem achtzehnten Geburtstag notiert hatte, drei Kekse geschenkt bekommen zu haben, die die anderen in seinem Erdloch sich vom Mund abgespart hatten. Die Tiwald hatte die Gegend erst im Sommer bereist.

Mike seufzte und arbeitete an vier, fünf Bissen, die er mit Cola einweichte.

»Wie ist das jetzt eigentlich mit deiner Arbeit?«, fuhr die Tiwald dann fort. »Mit der Partei und so? Jetzt ist ja der worst case eingetreten.«

Die Frau Tiwald setzte sich dazu und sagte, dass, aha, er der Deutsche sei, von dem ihre Tochter schon erzählt habe, und dass sie sich freue auf das Theaterstück, dass sie zwar erst über den Winter kommen müsse, jetzt, wo ihr Vater gestorben sei, und die Dinge ordnen müsse und sich zurechtfinden, immerhin habe ihr Vater im hinteren Teil des Hauses gewohnt und sei jetzt nicht mehr da, aber …

»Ich halte mich gerade ein bisschen fest an diesem Theaterstück«, fiepte Mike, der verzweifelt auf das angebissene Schnitzel herunterschaute. »Meine Freundin hat mich verlassen und meine Partei hat die Wahl verloren. Es … es läuft grad nicht so.«

Frau Tiwald schaute ihn an mit Augen wie Unterwasserpflanzen, die sich in den leisen Strömen der Tiefsee wiegen. Die kleine Tiwald bohrte ihren Zeigefinger in seinen Oberarm und sagte: »Aber du lebst. Du lebst.«

»Macbeth«, sagte Frau Tiwald, die knapp vor ihrer Pensionierung als Englischlehrerin stand, »das haben wir damals im Studium auch durchgemacht, natürlich. Ich frag mich, was Agatha Christie aus diesem Stoff gemacht hätte.«

»Meine Mutter liebt Agatha Christie, und ich auch«, bekundete die Tiwald. »Früher hat sie mir, wenn ich krank war, immer was von ihr vorgelesen.«

»Aber es ist ein Krimi, in dem der Täter von Anfang an benannt ist«, sagte Frau Tiwald, »kein Geheimnis, einfach von Anfang an sonnenklar. Und eine ganz einfache Motivation, Macht halt. Na ja. Irgendwie ist das auch … ich weiß nicht … ist das nicht fad?«

»Das Resultat von Macht ist halt leider nicht fad«, meinte die Tiwald, »und bei der Agatha Christie geht eigentlich immer alles gut aus, weil der Mörder gefasst wird. Und wie es dem geht auf dem Weg zum Galgen ist dann schon wurscht. Das Gute hat gesiegt. Die Toten – die Zahl der Toten hält sich in Grenzen, es sterben eigentlich nur die, deren Tod aufgeklärt werden muss. Also der Mord. Tod ist Tod und Mord ist Mord. Sonst sterben sie ja nicht in diesen Büchern. Bei Macbeth sterben sie in Heerscharen.«

»Sterben«, murmelte Frau Tiwald.

»Ich weiß nicht«, murmelte die Tiwald zurück, »seit ich den Opa so gesehen hab unter seiner Batikdecke, ich weiß nicht, vielleicht muss man sich nicht so fürchten.«

Mike aß noch drei Bissen von seinem Schnitzel.

»Fürchten muss man sich vor ganz anderen Sachen«, stellte die Tiwald fest, »und darum geht's eigentlich in diesem Stück.«

»Auf jeden Fall – auf jeden Fall, was auch immer passiert«, sagte

Mike und fand nicht heraus aus dem Pathos, »bleibt mir die Arbeit an diesem Stück. Alles andere wird sich ergeben.«

»Der Opa«, sagte Frau Tiwald plötzlich, »hat damals den anderen Kandidaten wählen wollen bei der Bundespräsidentschaftswahl. Weil der christlich ist, hat er gemeint. Da hab ich ihm richtig scharf gesagt: Der ist nicht christlich! – und dann hat er's sich anders überlegt.«

»Wie ist denn das …«, fragte Mike nachher, als Frau Tiwald sich wieder zu anderen Leuten gesetzt hatte, »… hier herunten haben ja viele Leute den Herrn aus Pinkafeld gewählt, oder? Wie ist denn das hier, in diesem Saal?«

»Tja«, sagte die Tiwald, »Freundlichkeit ist leider kein Garant dafür, dass man nicht reinfällt auf die mit der sanften Stimme, die eigentlich alles auf den Kopf stellen wollen. Der eine oder die andere, fürchte ich, wählt die Partie. Leider. Gegen ihr eigenes Interesse. Als sogenannte kleine Leute, für die ja angeblich Politik gemacht wird, und dann geht's exakt denen ans Geldbörsel.«

Sie saßen alle da wie schwarze Raben und aßen ihre Schnitzel; der Tod hat was Einigendes, dachte die Tiwald durch das Geklappere all der Besteckpaare auf ihren Tellern, das leise Trommeln des Schicksals, und irgendwie, dachte sie, laufen die Verbindungen kreuz und quer, über und durch alles Trennende, hin und weg und weg und hin. Unregelmäßige Muster; Lauf- und linke Maschen, Zunahmen, Abnahmen und das Batik gesprengter Beziehungen, auf das man ab und zu zurückschaut, wenn wieder gekittet worden ist. »Hier«, sagte die Tiwald zu Mike, »wird niemand abgeschrieben. Auch wenn's noch so schlimm und noch so tragisch war oder ist. Wie überall mit Familie: Auch hier könnten Romane geschrieben werden. Mehrbändige. Ganz ohne Königsmord.«

Sie mischten sich, die schwarz Kostümierten, die zusammengehörten, und redeten und tratschten; nicht nur der Tiwald erschien das Gewebe aus Schallwellen wie eine weiche Decke, in die man sich eingehüllt fühlen konnte an Tagen wie diesen.

»Vergangenheit«, sagte die Tiwald zu Mike, der sich eine gewisse bierene Weiche angetrunken hatte, »was für ein schräges Konzept. Das was nicht mehr ist. Stirbt und unter die Erde kommt und doch einmal war. Wahr war. Für mich ist die Vergangenheit immer schon ein Wunderland gewesen, etwas, in dem die Entdeckungen nie ausgehen. Nie hat man fertig entdeckt, immer wartet hinter einer Ecke noch etwas, das bestaunt werden kann: betastet mit der eigenen Vorstellungskraft, gut, vielleicht als Objekt, das sich dieser Vorstellung beugen muss. Aber da. Da als Schicht, auf der wir stehen. Deswegen widert mich der Slimfit so an: ›Da war ich noch nicht geboren‹, sagt er, wenn's um Tradierungslinien geht, um politische Entscheidungen aus der Vergangenheit, die eben Wirkmächtigkeit in der Gegenwart haben, verdammte Scheiße noch einmal. ›Da war ich noch nicht geboren!‹ Na und? Aber nachschauen wird man ja wohl können. Ob es Schultern sind, auf denen man steht, oder blanke Erde. Elende Geschichtslosigkeit. Keine Ahnung, nur Fassade.«

Sie hätte noch lange weiterreden können, die Tiwald; der Tag war einer von denen, die so ereignissatt sind, so voll von Empfindungen aus den tiefsten Ich-Schichten, dass man glaubt, es sind mindestens zehn, zwanzig, in einen hineingewickelt. Jahre in einem Tag.

Später, als Mike mit Alfred zusammensaß, sich seine Philosophie von der Liebe anhörte und ein Bier trank, strich die Tiwald an beiden vorbei, auf dem Weg zu einer Cousine der Mutter, die sie lange nicht gesehen hatte, und sagte: »Herr Knutkovsky, alles wird gut«, und Knutkovsky begann leise, das irgendwie zu glauben.

XVII SLOVENIJA

Der öde, weil Weder-Fisch-noch-Fleisch-Winter, mittelwarm, zog ins Land, das seltsame Weihnachten, dieser Clash aus totaler Weltübersättigung und Weltrettung, ging vorüber, die Tiwald schrieb an diesem und jenem, Lämmchen wurden auf der anderen Seite ihrer Zimmerwand geboren (wo der Stall war), und plötzlich stand Mike vor der burgenländischen Tür.

»Hab ja Navi, und Alfred steht im Telefonbuch«, sagte er, die Hände in den Taschen versteckt und mit der Deutlichkeit eines Westernbanditen hinterm karierten Gesichtstuch.

»Bitte, komm rein«, sagte die Tiwald, die sich über den Blitzbesuch zu freuen schien, wie Mike feststellte, und auch Alfred verhielt sich ganz so wie jemand, der gern plötzlich herbeigebeamte Leute empfängt. Dann schob sich noch eine kleine, schmale, in monströse Jacken eingepackte Gestalt durch den Flur, schob die wollene Kappe von den funkelnden Augen und sagte: »Hallo, ich bin die Isa. Ich riech nach Schafen«, und zackzack, schon saß Mike am Küchentisch und hatte eine Kaffeetasse in der Hand. Die Tiwald ließ sich dazu hinreißen, ihm auf die Schultern zu klopfen: Er sah aus wie aus einem Schneesturm gerettet – der aber nirgendwo zu sehen war.

Es stellte sich heraus, dass ohnehin alle Anwesenden schon eingeweiht waren in all things Melania und Macbeth. Auch diese Isa, die Mike noch nie zu Gesicht bekommen hatte, wusste Bescheid: eine Grün-Bio-Politlady, die sich als die siebenfache Mutter von Alfreds Kindern herausstellte. »Die Kinder sind schon alle ausgezogen«, sagte sie, »Weihnachten ist auch schon vorbei, die sind alle schon wieder gefahren«, während Mike dreinschaute wie vom Vorschlaghammer getroffen und versuchte, die interpersonellen Informationen zu verdauen, die auf ihn einprasselten, während er doch gekommen war, um …

»Ich hab mir gedacht, wir fahren nach Slowenien«, platzte er schließlich heraus, als sich eine kleine Lücke im Gespräch auftat.

»Wieso um Gottes willen Slowenien?«, fragte die Isa, und »na ja, wegen Melania Trump«, sagte Mike, »und ihr seid ja hier quasi schon mit einem Fuß in Slowenien. Vielleicht ist es eh fast das Gleiche und vielleicht ist Slowenien eh wie das Südburgenland, und ich träum was vor mich hin, aber …« Er seufzte auf und sagte wie mit Nägeln in der Stimme: »Verdammt, ich will einfach unterwegs sein. Und wenn es um was geht, das ich beim Anschauen auch noch bedenken und einordnen muss, weil's zu einem Projekt gehört, umso besser.«

»Ach so, du hast ja diese Sabine-Geschichte, gell?«, stellte die Isa fest, und »na toll, das hat sich ja verbreitet. Ich bin wirklich eine Niete in der message control«, schnaubte wiederum Mike und funkelte die Tiwald an.

»Na ja, schau, in dem Fall ist das Private eindeutig politisch«, fiel Alfred ein. »Ich würd so weit gehen zu behaupten, dass die, sagen wir, die Wahl des oder der Geliebten für einen Politiker noch viel bedeutsamer ist als für uns Ottos Normalverbraucher. Jede Handlung steht für was. Jede Entscheidung, auch im privaten Bereich. Dass deine Dame sich so radikal zurückziehen lässt in ein Leben, aus dem sie ja eigentlich ausscheiden wollte, und zwar mit dir an ihrer Seite – das … gut, wahrscheinlich übertreib ich. Obwohl …«

»Da laufen noch ganz andere Gerüchte«, stellte wiederum die Isa fest, und Alfred sekundierte: »Stimmt. Es gibt noch ganz andere

Gerüchte. Dass ein Konservativer nicht sofort heiratet, ist eigentlich komisch. Dass die Szene schweigt – das hat mich ja damals beim Haider so erbost, dass alle gewusst haben, wie's eigentlich ausschaut, aber man hat zugelassen, dass er öffentlich der Saubermann bleibt. Wobei es ja ekelhaft ist, wenn die ›Sauberkeit‹, von der die rechten Recken dauernd reden, mit, sagen wir, mit konventioneller Sexualmoral gleichgesetzt wird. Mit einem Bettverhalten, das halt alle Kirchengeher und alle Mama-Papa-Kind-Familien gut finden.«

Die Tiwald runzelte die Stirn: »Aber wart mal. Das würde ja heißen, dass die Sabine quasi die Coverfrau ist? Im Extremfall? Ich weiß nicht, ob ich das glauben mag.«

Mike legte das Gesicht in die Hände. »Ich glaub gar nix mehr«, hörten die anderen dumpf, und, als er aufschaute: »Bitte. Ich bin eigentlich nur auf dem Weg nach Slowenien, und ich hab mir gedacht, ich klopfe an eure freundliche Tür und frage, ob ihr vielleicht mitkommen wollt. Mein Kopf braucht irgendwas zu tun. Ich als Ganzer. Außerdem: ja, Melania. Wie heißt es so schön seit eurem Waldheim? *Jetzt erst recht.*«

»Na ja«, sagte die Tiwald, »allzu weit kann's nicht sein. Weißt du, wo genau wir da hin müssten?«

»Geboren ist sie in Novo Mesto, das im 14. Jahrhundert von Rudolf dem Vierten gegründet wurde, eurem Erzherzog, als irgendwas mit Rudolf vorne. Aber aufgewachsen ist sie in einem Ort namens Sevnica, der zirka 5000 Einwohner hat«, spulte Mike herunter.

Alfred klappte seinen Laptop auf, murmelte »Fragen wir den Routenplaner« und begann zu tippen. »Hm. Zweieinhalb Stunden fährt man von hier«, resümierte er schließlich, »also für eine Tagesreise … Obwohl: warum nicht? Würd sich schon ausgehen. Ganz früh hin, am Abend zurück. Oder ihr wollt halt übernachten.«

Die Isa hantierte an der Abwasch herum und sagte trocken, wenn da eine Übernachtung dabei sei, dann könne sie nicht mitkommen, weil die Schafe gefüttert werden müssten und der Hund nicht allein bleiben sollte – tatsächlich war Mike von einem kleinen Kalb, das sich als Hund herausstellte, fast mit Zungenkuss begrüßt worden. Mike murmelte, dass er sowieso nicht über Nacht bleiben wolle, er wolle einfach nach Slowenien und schauen.

»Wart einmal«, sagte der Alfred und kratzte sich am Kinn. »Wir füttern die Schafe später noch, und zwar ordentlich, das halten die schon aus, diese wohlst genährten Vielfraße – packen den Hund ein und fahren los, dann machen wir uns eine gemütliche Nacht in … wie heißt das noch einmal? Also halt in Sankt Melania, und morgen Abend fahren wir wieder zurück.«

Und so stopften sie am Abend reichlich Heu in die Raufe, packten winzige overnight bags und warfen sich ins Auto, um sich anzuschauen, wo Melania Trump Kind gewesen war. »Die Strecke durchs Südburgenland, nicht über Ungarn und nicht über Graz«, wünschte sich die Tiwald, »dann sieht der Mike, wie schön es hier ist.«

»Schön finster«, brummte der.

»Wurscht. Schau in den Scheinwerferkegel. Schau. Dort die Hügelkette«, während sie über einen schmalen Streifen von Landstraße in Richtung eines Tals rollten, »da drüben, siehst du die Ruine?«, »Was für eine Ruine?«, »die Ruine halt, gut, jetzt wird's finster, dort ist eine Schokoladenfabrik.«

Bei Bonisdorf, wo Fuchs, Hase, Igel, Fliege und Rabe leise Gute Nacht sagten und der Wald in einem Film über Märchen auftrat, passierten sie die Grenze: ein wie in einer Kunstinstallation gespenstisch leeres Häuschen. »Jedes Mal, wenn ich hier durchkomm, fühl ich Ehrfurcht«, sagte die Tiwald, und Alfred und Isa nickten. »Stell dir vor: Als ich Kind war – gut, ich kann mich an den einen

Jugoslawientrip 1988 nur mehr so erinnern, dass im Apartment, das meine Eltern gemietet hatten gemeinsam mit ihren Freunden, auch ein Ehepaar, der Mann kann Kroatisch, Burgenlandkroate halt, also dass in dem Apartment darüber geredet wurde, dass es bald Krieg gibt. Da war ich neun. An die Grenze hier kann ich mich nicht erinnern, aber an die Reisen nach Ungarn, nach Szombathely zu den Verwandten, hier hat ja jeder Verwandte in Ungarn. An den Eisernen Vorhang kann ich mich erinnern, an die Grenzkontrollen. Daran, wie mein Opa den Kofferraum aufmacht und dem Grenzbeamten das Paar lila Schuhe zeigt, das er mir gekauft hat. Und an ein Buch mit grünem Umschlag und einem blonden Kind drauf, so illustrationsmäßig. Ans Essen im Hotel Szavaria. Solche Sachen.«

»Wir fahren über Maribor«, verkündete Alfred, als sie kurz von Slowenien nach Österreich schlitterten, bei Bad Radkersburg, und dann wieder zurück. »Ich muss mal pinkeln«, murmelte Mike, und sie hielten im lila Licht des Winterabends an einer Tankstelle an, aßen flachgedrückte Käsesemmeln, tranken Kaffee, der irgendwie staubig schmeckte, und freuten sich über den Ausflug. Als Mike vom Klo zurückkam, wirkte sein Blick so leer, wie wahrscheinlich seine Blase war. »Alles gut?«, fragte die Tiwald sanft. »Alles gut«, sagte Mike und zurrte sich mit dem Sitzgurt fest.

Die Isa hatte das Steuer übernommen, und Alfred war auf dem Rücksitz leise schnarchend eingeschlafen, als Mike die Tiwald anstupste und sagte, er habe da was im Internet gefunden. »Schau mal. Da gibt es eine gewisse Anita, die bietet private Touren zu Melania in Slowenien an!« Er hielt ihr sein Smartphone unter die Nase.

Die Tiwald musste ihren Blick justieren und machte die Augen schmal. »Aber das kostet ja fast fünfhundert Netsch! Das ist ja Irrsinn.«

»Ja. Aber nicht pro Person, sondern als Gruppe.«

»Mike. Bitte. Warte.«

Unter den findigen Fingern der Tiwald stellte sich heraus, dass es auch ganz normale Melania-Touren in Sevnica gab. »Bitte, Mike! Was machen wir in Ljubljana?«

»Komm, das zahlen wir aus dem Produktionsbudget. Recherche. Ihr könnt ja zurück, und ich fahr mit Anita nach Ljubljana«, sagte Mike, richtete sich im Sitz auf, und bevor die Tiwald noch irgendwas sagen konnte, hatte er sein Handy am Ohr und anscheinend nach zweimal Klingeln auch diese Anita dran. Alfred schreckte hoch, als Mike »Hallo, hier Michael Knutkovsky. Du ju spiek Tschörman? No? Oh. Yes. I would like the Melania tour. Ähm. To book. Tomorrow«, trötete – in der Aufregung schien die Stimme zu wachsen, nicht nur die Wirbelsäule. »Mhm. And can we meet in … – Yes. One hotel only in Sevnica? Das werden wir finden. Ja. Four pörsons. Oh! And a dog. Is dog ok? Mhm. Gut. I no. Fünfhundertzwanzig. Bis morgen! Gut bei.«

»Ja, sag mal. Ist das ein Strahlen in deinem Gesicht? Dann zahl ich meinen Anteil glatt selbst«, sagte die Tiwald. Sie stupste Alfred an, der sich die Augen rieb. »Was sagst du dazu? Wir kriegen morgen eine special Melania-Tour mit einer Touristikerin. – Wart, du hast da ein Körnchen im Aug, glaub ich. Mein Gott. Du hast fast so schöne Augen wie Melania.« Die Isa hinterm Lenkrad prustete.

Im Hotel in Sevnica ließ sich noch jemand herausklingeln. »Wollen wir ein Viererzimmer nehmen?«, fragte Mike hoffnungsfroh, »mir ist so nach Gesellschaft.«

»Do you have a room with four beds?«, fragte die Tiwald ohne große Hoffnung, und die aparte Dame redete von einem Deluxe-Room mit einer Couch, die sich in ein Doppelbett verwandeln ließe.

»Schnarchst du?«, fragte die Isa, und Mike schüttelte mit Verve den Kopf.

»Ok, we take the deluxe room«, sagte die Tiwald, wohl gewahr, dass die Mundwinkel der aparten Dame leicht zuckten.

XVIII WHITE HOUSE SLIPPERS

»Du lügst. Du schnarchst«, sagte Isa, als sie am nächsten Morgen zum Frühstück trotteten, zu Mike.

»Echt?«, brummte der und tätschelte dem Hund den Kopf.

Sie nahmen einen Tisch in der Ecke des Speisesaals, weil besagter Hund sich liebesbereit auf dem Rücken hin- und herwälzte; »Unanständig, meine Liebe, unanständig!«, meinte Mike, der sich einen Streichelweg zwischen den Hundezitzen suchte, während die Tiwald auf das Angebot der Kellnerin einstieg, den Melania-Cake zu versuchen.

Alfred studierte, die schmale Brille auf der Nasenspitze balancierend, die lokale Geografie auf dem Smartphone, Isa den *Kurier* vom Vortag, der hier auflag, und die Tiwald versuchte, die slowenischen Schlagzeilen sprachlich zu knacken, während sie die in Zucker gegossene Liebe von Sevnica zu seiner berühmtes-ten Tochter verkostete. »Finger weg von meinem Melania-Cake!« – sie focht mit einer Kuchengabel –, »ich hab in der Früh immer Hunger, bestell dir dein eigenes Stück, du Schokoschmarotzer!«

»Entschuldige, das ist nur mein Forscherdrang«, verteidigte sich Mike. »Lass mal schauen. Aha! Alles weiß, Weißes Haus, weiße Schoko, weiße Mandeln. Danke, ich kenn mich aus!«

Von links schob sich ein weiterer Kaffeelöffel ins Blickfeld der Tiwald.

»Ich hab gedacht, du kannst in der Früh nix essen, Isa?«, mahnte die Tiwald, aber auch Isa bekannte, dass Schoko immer gehe:

»Arme Melania. Der Cake ist sicher tabu für sie … da entgeht ihr was! Das da oben – eine Schokolocke in Gold. Wahnsinn!«

»Sag«, sagte Mike, »während wir hier so warten – wie weit bist du eigentlich mit dem Text?«

Sie aß konzentriert weiter.

»Tiwald?«

»*Nie sollst du mich befragen!*«

»Du machst mich fertig.«

»Schau, Herr Knutkovsky, das ist so. Ich fresse. Ich fresse Input, ich fresse Macbeth, ich fresse Shakespeare, ich fresse das Netz, die *New York Times*, ich flieg drüber, ich stirl, ich zieh hervor, dann rühr ich um, verdau, dann schau ich eines Abends in die Sterne, nebenbei lebe ich mein Leben mit allem, was so dazugehört, und irgendwann platzt es aus mir heraus.«

»Hui.«

»Es wird schon platzen. Verlass dich drauf.«

»Sie hat ja noch drei Eisen im Feuer«, sagte Alfred und guckte über den Brillenrand, »sie macht das so wie die Brüsseler Spitzenklöpplerinnen. Immer drei Garnknäuel in der Hand, mindestens.«

»Er rennt ja auch immer mit dem Telefon am Ohr hinter mir herum, wenn ich am Schreibtisch sitz! Und dann schreit er immer so beim Telefonieren.«

»Du bist gut. Dein Schreibtisch steht im Wohnzimmer, und was hab *ich*? Den Küchentisch. Den kleinen.«

»Du arbeitest sowieso am liebsten halb liegend im Bett!«

»Und sowieso hast du alles mit deinen zweitausend Büchern verstellt!«

»Hallo, ihr Turteltäubchen«, sagte Mike und machte das Timeout-Zeichen, »vertragt euch wieder. Denkt dran, Macbeth und seine Lady bringen auch jemand anderen um und nicht sich gegenseitig.«

»Ach«, sagte die Tiwald, »das schaut nur so brutal aus. In Wahrheit sind wir innendrin wie … wie Rosenknospen.«

»Wär ja interessant zu erfahren, wobei Donald Melania stören könnte. Beim Shoppen? Beim Schminken?« – »Sicher anstrengend. Und das mein ich ganz ernst!«, warf die Tiwald in Mikes Sätze ein und schrieb »Schminkvokabular« in ihr kleines Heft – »… beim Spielen mit Barron? Beim Sein?« Aber weiter kam Mike nicht, weil eine blonde Erscheinung äußerst resolut in den Raum schwebte und die Aura einer Bienenkönigin verbreitete.

»Ist das jetzt despektierlich, wenn ich sag, die Frisur erinnert mich an Ivana Trump?«, murmelte die Tiwald.

Mike hatte sich kenntlich gemacht, und die blonde Erscheinung schwebte weiter an den Frühstückstisch heran.

»Ah! I see. Melania-Cake you tried. How you say? Make important eksperients«, sagte sie und schüttelte jedem die Hand. »Gut morning. I'm Anita.«

Mit einem majestätischen Seufzen ließ sie sich nieder und überkreuzte apart die Hände im Schoß.

»So. I am tuday jor guide. Vellcome to bjutiful Slovenija, country of the wine, the landscape, the castles, Melania.«

Die Tiwald hörte nur zu drei Vierteln hin, weil sie fasziniert studierte, wie sich die vorgelebte Eleganz der Fernsehschirme und Kinoleinwände und Klatschmagazine in Anita mit einer anderen Eleganz vereinte: mit der, die entsteht, wenn jemand zulässt, dass er älter wird und den Weg – wenn es denn einer ist – *mit* seinem Körper geht und nicht *gegen* ihn. Anita hatte offenbar keinen Gatten im Nacken, der ihr Begehr und Geld unter die Nase hielt, um sich selbige »richten« zu lassen. Anita hatte eine ganz angenehme falsche Nase, wie alle Anwesenden falsche Nasen hatten, wahrscheinlich auch falsche Kinne, teilweise falsche Bauchfettfalten und falsche Behaarung – beziehungsweise deren falsches Fehlen.

Anita ernährte sich außerdem sicher besser als Melania und trug vernünftigere Schuhe, auf denen sie – nicht ganz stöckellos – der kleinen Gruppe voranging, und außerdem hatte sie einen Chauffeur mitgebracht. »This is Janko«, sagte sie, öffnete den Arm, als käme gleich eine Opernarie auf unsichtbarer Bühne, aber stattdessen kam ein kleiner, stämmiger Herr in korrekt weißem Hemd aus einem Van geklettert. »Janko will drive us.«

Janko sagte Hallo und tätschelte dem Hund den Kopf.

»Irgendwie ist das ein schöneres Oberwart«, befand die Tiwald aus dem Auto heraus, »das Tal, die Berge, das Schloss, der Fluss! Aber gut, die Idylle ist halt auch keine Lebensgrundlage.«

Der Hund, der hinten saß, legte die Schnauze auf die Rücksitzlehne und schaute melancholisch.

»Über Oberwart kann man die spannenderen Geschichten erzählen, da bin ich mir ganz sicher«, sagte Alfred, und an Mike gewandt: »Oberwart ist eigentlich eine multikulturelle Stadt, dreisprachig, wenn man's genau nimmt.«

»Wart ab!«, mahnte die Tiwald. »Wir haben noch gar nix von Melanias Reise in die große Welt gehört.«

»Here is apartment where Melania grows up«, sagte Anita.

Sie stiegen alle aus dem Auto, sogar Janko, der sich eine Zigarette anzündete und abwandte. Anita breitete vor einem kleinen, orange-beige-farbenen Wohnblock, aus dem kleine, dreieckige Balkone sprossen, die Arme aus. Die Tiwald, die sich bei einem Blick auf ein Gebäude immer fragte, ob sie da wohnen könnte und wie sie sich ihr Schreibzimmer einrichten und wohin der Blick daraus gehen würde, fand bei sich, dass sie da durchaus einziehen würde, und Alfred erzählte Anita, dass »the house could also stand in Burgenland«.

»Ah, yes. Central Europa!«, seufzte Anita, »I love Central Europa now. Belongs togetter.«

»Have you been to the United States?«, fragte die Tiwald.

Anita schaute sie an, als müsse sie sich zurückhalten, um sich nicht zu bekreuzigen, »Amerika? Never. I would not like.«

»Which one is the flat?«, fragte Mike, den Kopf im Nacken.

»This one«, sagte Anita resolut und deutete auf den dritten Stock.

Als sie wieder in den Van kletterten, hörte die Tiwald Janko leise prusten.

Sie schunkelten an der Fabrik vorbei, in der Melanias Mutter gearbeitet hatte, »this is the fabric that mum of Melania worked«, und dass die Mutter schon damals für die kleine Melania Kleider genäht habe; an der Schule, »this is school of Melania, named for partisan hero«; und an einem kleinen, weißen Haus mit großen Fenstern und Garage. »This is house of mother and father now«, erklärte Anita, »when they not live in the USA.«

»Careful, sometimes father let out dogs for journalists«, sagte Janko und grinste.

Anita zischte leise etwas, das nicht Englisch war, klatschte in die Hände und verkündete: »And now we go to castle.«

»Na bitte, Mike, jetzt fahren wir zum castle. Da ist die junge Melania sicher auch herumgetollt und hat sich vorgestellt, dass sie Burgjungfrau ist«, neckte die Tiwald.

Sie folgten Anitas Ausführungen über die heimliche lutherische Kapelle, überhaupt das heimliche Luthertum, das System aus unterirdischen Gängen und dass sich hier während der Türkenkriege Einwohner vielleicht versteckt gehalten hätten; dass das Schloss im Kommunismus stark heruntergekommen war. Alle vier Melania-PilgerInnen liebten die Historie an sich und fühlten mit allen, die in Kriegen gelitten hatten, wie weit auch immer sie schon in der Vergangenheit lagen – »die Vergangenheit arbeitet«, sagte die Tiwald düster, sie hatte sogar die Hände im Rücken verschränkt, während sie vor einem mittelalterlichen Porträt stand und den längst Toten betrachtete – aber sie mussten alle doch kichern, als sie an den ausgestellten Keuschheitsgürteln vorbeikamen, kichern wie die jungen Mädchen, die Melania und ihre Freundinnen einmal gewesen waren.

Draußen wartete angeleint der Hund; im Shop, vor dem er weiter warten musste, sollten sie Dinge kosten und kaufen, die »First Lady« im Namen trugen, Wein, Salami, Schokolade, Dörräpfel. Dann brachte Anita sie in ein Lokal, in dem es Burger mit extrablonder, krosser Käsescheibe und US-Fläggchen obendrauf gab. »Predsedniški burger«, sagte der Kellner, der die Dinger abstellte; sogar die vegetarische Tiwald aß gehorsam mit, weil sie Mike rührend fand in der Ausführung seines Forschungsdesigns. »Trockene G'schicht«, befand sie.

Mike aß aufrecht sitzend und mit einem Leuchten in den Augen, das sie wehmütig stimmte.

Anita hatte Salat bestellt. »Too much burgers«, sagte sie und tätschelte kokett ihren Bauch, den das Kostümjackett umspannte.

Janko wickelte Spaghetti auf seine Gabel und stellte, als Anita sich »for a moment« entschuldigt hatte, fest: »You know. After vote, she was never back. Melania.« Sprach's und wickelte weiter.

Der Tiwald war ein bisschen unwohl, als sie Mike allein ins Auto steigen sah. »Auf nach Ljubljana!«, kündigte er an und winkte, bevor er sich auf den Rücksitz schwang und das Grüppchen zurückließ. Er kurbelte noch einmal das Fenster herunter, rief: »Ihr seht aus wie die drei Bären von Goldlöckchen, nur mit Hund!«, und ließ seine Hand im Fahrtwind segeln.

»Ljubljana«, sagte die Tiwald, schaute dem Auto nach und dachte an die Zwischenstopps am Ufer des Flusses, an dem die Stadt lag, an die Weiden, deren Zweige beinahe das Wasser berührten, an die Boote und die Sonne; Unterbrechungen von Reisen nach Kroatien und Bosnien, Gläser weißen Weins und getoastete Brötchen, Alfred, Isa, sie selbst und die zwei jüngsten Buben, die damals noch viel zu jung waren, als dass ihnen Weißwein geschmeckt hätte.

»Fahren wir«, sagte Alfred, »ich hör schon die Schafe blöken.«

XIX MIKES MONOLOGE

Wien, die Bäume, die hier wuchsen, waren wenigstens nicht totgegast wie an den Einfallstraßen und kriegten schon wieder diese fingerkuppendicken Ansätze von Blättern, die demnächst explodieren würden. Es war kalt.

»Ich rede mit wildfremden Leuten auf den Demos«, erzählte Mike, als der Urbanek, die Tiwald und Alfred mit ihm zusammensaßen. Alle vier rührten in Kaffee. »Ich weiß, ich weiß, Kommunikations-, oh Gott, ich kann mich selbst nicht mehr hören, -experte … immer quatschen, immer … aber es ist. Anders.« Er rührte. »Ich … ich erzähl wildfremden Leuten meine Geschichte. Ich erzähl einem Typen mit gehäkelter Haube – wann habe ich zuletzt gerne mit Männern gesprochen, die gehäkelte Hauben tragen? –, ich erzähle ihm, dass eine Frau mein Herz gebrochen hat, während er ein Plakat hochhält, auf dem steht: Nazis kaputt kuscheln. Und plötzlich fühl ich mich eins mit der Welt. Ich fühl mich eins mit der Welt, wenn eine ältere Dame mit einer von diesen gehäkelten Pussyhauben neben mir marschiert und mich anlächelt. In der Kälte lächeln wir uns an. Zwei Freundinnen, untergehakt, ganz ohne Schild, strahlen eine Freundlichkeit aus, in die ich hineinschlüpfen will; ich will mich rekeln in diesen guten Herzen. Klingt das jetzt komisch? Ich bin anti. Ich bin antikalt, antidraußen, ich bin mein eigenes Global, ich bin dein Global, ich bin sein Global, ich bin global mit allen. Wir sind. Der Globus. Wenn wir unsere Kerzen anzünden. Dieser Schein. Dieses Scheinen. Wie sich das Licht ausbreitet, in den Gesichtern, auf der Straße, in den Himmel, und wenn es noch so kalt ist. Wir bibbern, aber wir bibbern nicht ganz, wir *sind*. Wir sind. Soll ich sagen: Wir sind die Liebe? Nein … weil. Wenn ich nachhause komme. Also wenn ich in mein leeres Zuhause komme. Ja, klar, ich habe noch die Kerze. Aber ich habe fast nicht die Kraft, die Kerze anzuzünden. Ich komme nachhause, und ein Vakuum saugt mich in sich hinein. Meine Wohnung, mein leeres Ich. Wo jetzt der freundliche Glatzkopf, der mir erzählt hat, wie seine Scheidung verlaufen ist, nicht mehr da ist. Weil er nämlich in seinem eigenen Vakuum sitzt. Wo jetzt das freundliche pinkhaarige Mädchen, das mit dem süßen, simplen ›Schleichts euch‹-Plakat unterwegs war und sich vor der Matura fürchtete, natürlich nicht ist, weil sie im Schein ihres Computers in ihrem finsteren Zimmer sitzt und auf den Cursor starrt, der brutal auf die weiße Seite hämmert. Weiße Seite: eine Illusion von Bits und Einsen und Nullen. Wir sind. Wir sind nicht. Was sind wir schon? Ich gehe, also bin ich. Ich gehe auf Demos, also bin ich. Und was bin ich noch? Ich bin im Theater, also bin ich überhaupt.«

»Jaja, das *Universum*«, sagte der Urbanek und schaute sinnierend.

Alfred nieste, dass die Vitrinen im Bezirksmuseum schepperten und die Tiwald hochfuhr.

»Wie ist das jetzt eigentlich mit deiner Arbeit«, erkundigte sich Alfred, nachdem er sich geschnäuzt hatte. »Lass noch ein bissi was oben im Hirn«, sagte die Tiwald zärtlich und streichelte ihm über die Wange, »weil der Wahlkampf ist ja offensichtlich endgültig aus und vorbei und Geschichte?«

»Ach, die haben mich in die Kommunikationsabteilung der Wiener Altenheimverbände transferiert«, sagte Mike mit einem Schulterzucken, das der Tiwald fast schon nonchalant vorkam, »das ist eigentlich ganz unterhaltsam. Ich höre mir Anfragen, Beschwerden, Kümmernisse, Schnurren und Gemeinheiten an. Alte Damen, die für das Bubi schwärmen, andere, die im Speisesaal knurren, sie wollen die Topfenknödel nicht essen, sondern damit lieber den Kanzler abschießen.«

»Bist viel unterwegs? Das ist gut«, befand Alfred.

»Genau. Ich kann nicht anders. Ich renn jetzt auch jeden Tag eine Stunde. Auf und ab am Donaukanal. Oder um den Ring. Oder hinauf da auf eure Wiener Berge, was weiß ich, wie die heißen. Und dann denk ich über Macbeth nach. Wie es heißt: Die Lady ist tot, und er sagt: Ach, die wär doch früher oder später eh gestorben. Das Leben ist ein Märchen, das ein Idiot erzählt. Ich höre auch. Ich höre mehr, ich höre mit Ohren, als hätte ich sie dem Bubi abgeschnitten: vom Tod. Lustig. Vom Tod. Todesmüdigkeiten und Todesmutigkeiten. So face-to-face mit dem Gevatter … aber nä, das ist schon wieder zu billig, zu schnoddrig, ich will nicht billig sein, ich will nicht schnoddrig sein. Ich will die Würde. Ich will die totale Würde. Ich will diesen Wahnsinn, den wir Leben nennen, diesen Wahnsinn, dass die Grube wartet, ich will das mit beiden Händen fassen, mit dem Körper, mit dem Geist, mit allem. Ich will jeden Tag mit diesen Damen Topfenknödel essen, hab ich erwähnt, dass ich Rundgänge mit den Pflegerinnen mache, mit Svetlana und Joy? Ich füttere. Ich schiebe Herren, die im Krieg waren, Brei zwischen die Kiefer, und höre mir an, dass sich der eine verliebt hat und der andere aufs Sterben wartet. Das ist sozusagen das Gegenprogramm zu diesen Ärschen mit ihren Zwölf-Stunden-Tagen, ihren Ausgabenbremsen, ihrem Anti-Integrations-Zackzack, ihren Generalsekretären und Verfassungsschutzrazzien, ihren Sicherungshaftsfantasien und Klimaverbrechen, ihrer Liebe zu Pferden und, wie sagt ihr? *Tschick.*«

So wie er »Tschick« sagte, klang es, als ob ein Zug durchs Zimmer rauschte. Die Tiwald hatte das Handymikro an, und Mike atmete einmal aus, bevor er noch sagte: »Ginge es nach mir, ich würde für die Wiener Altenheimverbände mit diesem Spruch werben: *Mutig in die neuen Zeiten*!«

Ganz kurz sagte keiner was.

Es raschelte in den Herzen, so, als würde Papier zerdrückt und zerknittert, Seiten, auf denen Wichtiges geschrieben stand, hergerichtet für den Müllschlucker.

»Wer hat diesen Typen gewählt? Wer?«, fragte die Tiwald. Mike zuckte die Schultern. Der Urbanek zuckte die Schultern.

Alfred murmelte: »Die, die glauben, sie könnten sich noch retten.«

Gemeinsam schauten sie aus dem Buch heraus und in die Augen von ein paar Lesern, die vor lauter Ärger schon heiße Gesichter bekommen hatten. Und zuckten die Schultern.

Dann zog Alfred ein Blatt Papier aus seinem Notizbuch und kündigte an: »Ich hab da übrigens eine Idee für die Bühne.«

XX ZUM SCHIESSEN

»Heut«, sagte der Urbanek zur Tiwald, als sie im Bezirksmuseum über einer Liste von nötigen Anschaffungen fürs *Universum* saßen – Pfosten, Nägel, Scheinwerfer, Vorhangstoff – und Posten hin- und herschoben, »heut ist was Komisches passiert. Ein Kollege von mir hat mich zu einer Party eingeladen, eh ein Freund von mir. Der hat einen Partykeller in seinem Haus, da haben wir schon memorabel getrunken und gewuzelt und kalten Schweinsbraten gegessen. Led Zeppelin gehört. Eine Fotostrecke von seiner Motorradtour durch Südamerika angeschaut. Jetzt gibt der mir eine Einladung, da steht explizit drauf: *Wir schießen auf den Kanzler.*«

»Geh«, sagte die Tiwald, runzelte die Brauen und fragte, ob das ein Scherz sei, den sich der Urbanek mit ihr erlaube.

»Kein Schmäh. Auf der Einladung ist der Slimfit drauf, und auf seiner Stirn eine Zielscheibe. Drunter steht: *Dartmeisterschaft.*«

»Das ist ja …«

»Ich muss dazusagen: Der geht mit Schulschluss in Pension. Sonst gäb das eventuell Ärger. Ziemlich sicher sogar. Immerhin, weißt eh, Gymnasium in einem inneren Bezirk – da beschweren sich die Eltern sogar, wenn die Kinder in der Turnstunde zu stark schwitzen. Wenn das mit der Zielscheibe die Runde macht, und das wird sicher passieren, dann rennen die dem Direktor die Tür ein. Möglich, dass das schon morgen sein wird. Nur kann sich der Direktor in dem Fall abwischen, weil er ihnen sagen kann: Sie müssen nur noch bis Juni durchhalten, dann erledigt sich das Problem von selbst. – Ihr in den NMSen, ihr kennt das ja gar nicht, diese Eltern, die sich wegen jedem Schas einmischen.«

»Na ja«, meinte die Tiwald, »also Schas ist das, fürcht ich, keiner. Ich würd nicht einmal den Blauen mit einer Zielscheibe auf der Stirn auf irgendeine Einladung copy-und-pasten. Das tut man nicht. Politische Kultur und so, so was Altmodisches. Aber abgesehen davon: Lass dir gesagt sein, auch bei mir hat sich einmal ein Vater aufgeregt. Und war da. In unserer NMS am Stadtrand von Wien, wo man meinen könnte, die Eltern interessieren sich nicht. Das stimmt nämlich überhaupt nicht.«

»Was hast denn angestellt?«

»Ich hab über Erdogan gesprochen. Dieser Vorfall mit dem kleinen Mädchen in Uniform, das er auf die Bühne geholt und zum Weinen gebracht hat, weil er gesagt hat: Deinen Sarg werden wir auch noch mit der Flagge zudecken. Dieses …, ich verkneif mir das Schimpfwort. Ich hab auf jeden Fall diese Chose zum Anlass genommen, um den Schülern zu sagen, dass alles, was mit dem Land und der Nation zu tun hat, auf der einen Seite steht, und alles, was mit Religion und Gott zu tun hat, auf der anderen und davon getrennt sein sollte. Weil er natürlich auch Gott ins Spiel gebracht hat. Dieses Arschloch.«

»Ha! Du hast Arschloch gesagt.«

»Mea culpa. Meine Schüler müssen immer, wenn ihnen so was rausrutscht, eine Seite aus einem Buch abschreiben, das »Holy Shit« heißt, eine Geschichte des Fluchens. Die werfen sich ja Dinge an den Kopf, bei denen mir übel wird. *Du Missgeburt. Du Opfer.* Wobei's ja wieder interessant ist, wie das Wort Opfer zum Schimpfwort werden kann.«

»Wehrlosigkeit als Schwäche.«

»Entsetzliche Gesellschaft.«

»Und, was war mit dem Vater?«

»Nix war. Lammfromm. Die Direktorin hat mich sehr unterstützt, war bei dem Gespräch dabei und hat mir vorher aufgetragen, den Lehrplan sowie alle Direktiven in Bezug auf politische und interkulturelle Bildung auszudrucken und die entsprechenden Passagen zu markieren. Die, auf die wir uns berufen können. Es war sogar, würd ich meinen, ein gutes Gespräch.«

»Ausgezeichnet«, murmelte der Urbanek, der sich zurückgelehnt hatte und mit dem Stift spielte. »Findest du, dass ich auf diese Party gehen sollte? Oder soll ich sie boykottieren? Ich mag den Slimfit ja auch nicht, und die Aussicht, dass der jahrelang Kanzler sein wird, verursacht mir, vor allem, wenn ich mir den Koalitionspartner anschau, Brechreiz. Aber *schießen*? Dart hin oder her.«

»Du meinst, du gehst nicht hin und dein Freund versteht das automatisch als Boykott? Und du musst gar nix sagen, nix anmerken? Oder du erfindest eine Ausrede, du kannst nicht, deine Katze hat gerade geworfen, dein Sohn hat Matura, dein Nierenstein muss raus.«

Der Urbanek lehnte sich vor, legte die Ellbogen auf den Tisch, stierte auf die Bücherwand ihm gegenüber, und die Tiwald mochte diesen Blick: Solange, dachte sie, wir solche graden Michl haben, an deren Blicken man ihre Betroffenheit ablesen kann, so lange sind wir nicht verloren. Nicht verloren an die fischhafte Kälte, mit der man über das Ertrinken Tausender im Mittelmeer hinwegsieht. Nicht an die geldgefütterte Leichtgläubigkeit des *Arbeit-macht-reich*. Nicht an den Missbrauch der Ich-Botschaft zur messiashaften Politwerbung.

»Nix sagen«, murmelte der Urbanek, »nicht die Wahrheit sagen. Sich drücken. Aber was ist jetzt hier bitteschön die Wahrheit? Hasse, aber hasse nicht zu groß?«

»Wahrscheinlich. Sonst landen wir alle noch bei den Macbeths.«

»Aber ich mag ihn. Und ich will auf die Party. Jetzt muss ich wegen Slimfit auch auf eine Party verzichten?«

»Kant wär stolz auf dich. Glaub ich«, bot die Tiwald als Trost an und strich dem Urbanek über die Schulter.

»Wir werden ja wirklich von allem eingeholt«, sagte der, seufzte und stand auf, um eine Weinflasche aus dem Regal zu fischen und zu entkorken. »Komm. Trink du ein Glaserl mit mir, haben wir halt unsere Privatparty.«

Sie süffelten eine Zeitlang wortlos, bis der Urbanek aufschaute und sagte: »Du, eigentlich ist der Slimfit Macbeth. Ganz eindeutig. Und da ist auch ein eindeutiger Königsmord passiert, wie sie den Parteivorsitzenden so lange sekkiert haben, bis er das Handtuch geworfen hat und zurückgetreten ist, damit der Slimfit aufs Parkett walzen kann.«

»Ah ja. Der Django, bei dem mir schon von vornherein die Schameskälte über den Rücken gerieselt ist, weil die Altherrenpartei sich nicht entblödet hat, einen angegrauten Anzugträger wie einen Westernhelden zu nennen. Gut, da kann er vielleicht gar nix dafür, selbst. Er ist mir ja, seit sie ihn abserviert haben, von Tag zu Tag sympathischer geworden.«

Der Urbanek hatte sich seinem Laptop zugewandt und etwas hineingetippt. »Das wird dich interessieren«, verkündete er dann, »der hat erstens gesagt, die ÖVP sei keine Filiale der Amtskirche, zweitens hat er die Präimplantationsdiagnostik und die künstliche Befruchtung für homosexuelle Paare durchgesetzt, 2015 war das; drittens war er für ein Mann-Frau-Reißverschlusssystem für Listenplätze … Österreich sei eine säkulare und multikulturelle Gesellschaft … Schau an, das hab ich in der Deutlichkeit gar nicht wahrgenommen.«

»Vielleicht kann man den ja anschreiben, den Herrn Mitterlehner?«

»Was willst ihn anschreiben?«

»Vielleicht will er den alten König spielen?«

Der Urbanek lachte auf: »Hast zu tief in dein Weinglas geschaut? Das ist ja wirklich die bessere Party da, mit dir.«

Die Tiwald legte den linken Fuß unter die Hinterbacken, weil sie Ideen anbranden fühlte und nicht mehr ruhig sitzen konnte.

»Vielleicht kann man ein Interview mit ihm machen? Und dann einen Monolog daraus zusammenschneiden? Und dann zeigen wir das, bevor die Hexen auftreten?«

»Ojemine, Kathi. Warum sollte sich einer – und bei aller Achtung vor dem Mitterlehner –, wieso sollte einer auch noch nachspielen wollen, wie er abgeschasst wird?«

»Weil er cool ist. Cool wie nie. Django, endlich und tatsächlich anerlebt, Django.«

»Wart einmal. Aber die Melania? Das wird dann die Sabine, oder wie? Aber dann schaut die Sabine im Stück aus wie Melania! Da kennt sich ja niemand mehr aus.«

»Keine Bange. Fatima ist Melania, wie sie leibt und lebt.«

XXI EINSPRUCH

Drinnen waren Alfred und der Urbanek dabei, eine Stahlstange in das Mischmasch aus Scheinwerfern, Kabeln und schwebenden Metallgestellen zu montieren, ein ziemlich großklotziges Spinngewebe alles zusammen; Mike hirschte mit Fatima auf und ab, um in ihrer beider Körper eine Vorstellung von Figurenbewegungen entstehen zu lassen, die mit Verrücktwerden zu tun hatten.

»Trump hat ihr ja einen Vertrag vorgelegt«, erläuterte die Tiwald, »und da ist drinnengestanden, dass sie – sie wollte anscheinend unbedingt ein Kind – die Pflicht hat, sich nach der Geburt dieses Kindes wieder die ursprüngliche Figur zurückzuerarbeiten. Das muss man sich einmal vorstellen!«

»Crazy«, sagte Fatima, blätterte in ihrem Text und befand: »Arme Weib. Armes Trottel Trump.«

»In Macbeth ist es ja so, dass die Lady, die am Anfang eine sehr starke Figur ist, nur noch ein einziges Mal auftritt, nachdem sie durchknallt. Es wird dann eigentlich *über* sie gesprochen, nicht *mit* ihr«, sagte die Tiwald zu Fatima, »was ja doppelt irre ist. Man sieht sie nicht mehr, man sieht sie nur in ihren Worten. Bei der echten Melania wiederum ist das anders: Sie entzieht sich selbst, sie zieht nicht ins White House, sie klopft ihm auf die Finger, sie lässt sich nicht überall vorführen. Der Punkt ist zu zeigen, wo es knackt. Wo sie bricht – und gebrochen wird. Und das hat bei ihr stark mit ihrem Körper zu tun und wie der aussieht.«

»Schau«, sagte Mike, »wir haben einen Bodysuit aus dem Fundus der Volksoper ergattert.« Sprach's und angelte ein Fettgerüst aus Stoff aus einer Kiste.

»What the fuck is das?« Fatima riss die Mandelaugen auf.

»Ein Bodysuit. Künstliches Fett. So würde Melania durchdrehen, an sich und ihrem Mann und diesem ständigen Kippeln zwischen Model, Slut und First Lady.«

»Kip-peln? Muss nachschauen.«

Mike wiegte sich von einem Fuß zum anderen: »Kippeln. Mal so. Mal anders.«

»Ah.« Sie blätterte in ihrem Text und las:

»*Weg, verdammter Make-up-Fleck!*
Raus, du Speckschicht, raus mit allen
Würsteln, Burgern, Chips!
Ich will ein Grab für Pommes sein, ein
Monument für Schnitzel, Cake und Kinder.
Eins, zwei, Zeit! – 's ist …«

Fatima schaute fragend auf: »Sist?«

»Eine Abkürzung«, erläuterte die Tiwald, »für ›Es ist‹. ›'s ist Zeit.‹ Wegen dem Rhythmus. Aber du kannst ruhig ›Es ist Zeit‹ sagen. Klingt eh besser.«

»*Es ist Zeit! Und du, mein Donald, mein Soldat,*
fürchtest du dich? Vor mir als Pastabraut,
vor Cellulite, ungeschminkten Lidern? Du,
der alle Macht der Erde hat, hat diese
Angst? Du Lulu.«

Die Tiwald befand, dass das alles super sei.

»Ich will Grab für Pommes sein«, sang Fatima und hopste auf und ab, nachdem Mike ihr den Bodysuit umgeschnallt hatte.

»Was meinst du, was ziehen wir ihr an?«, fragte Mike, an die Tiwald gewandt.

»Was denkst du, Fatima? Was passt dazu?«, gab sie die Frage

weiter und krallte die Finger in den Stoffspeck. »Sollen wir dich anziehen, so richtig, mit einem XXL-T-Shirt und Jogginghosen? Oder ein rosa Kleid mit Goldschrift drauf? Oder sollen wir Stoffhaut zeigen?«

»Nix rosa«, sagte Fatima und verzog das Näschen, »nur groß Badetuch. Und dann so«, sie drehte sich und ihre Fake-Wampe um und wackelte mit dem Hintern, »Arme so auf mit Tuch, bei wenn ich sag: ›*Du Lulu*‹.«

»Klingt gut«, meinte Mike, »lass mich schauen, ich glaube, wir haben so ein Tuch irgendwo dabei. Dann probieren wir das gleich so.«

»Kathi«, sagte Fatima, »will dich fragen. Lider? Lieder? Die ungeschminkte Lieder. Sind die hier?« Sie deutete auf ihre Augen. »Mit ohne E?«

»Genau. Mit ohne E.«

»Meine Augen können singen«, lachte Fatima, »und die von die Melania auch!«

Sie legte die Hände auf den künstlichen Massebauch und kuderte, und die Tiwald war froh, dass sie Mike endlich wieder einmal lächeln sah. Beide, Lady und Regisseur, fingen an, die Szene miteinander durchzugehen und sie zu erwandern. Fatima stapfte auf und ab und sprach den Text erst wie eine Drehorgel, dann im Flüsterton, dann schreiend und schließlich mit schluchzendem Schmelz.

Die Tiwald wandte sich ab und war gerade dabei, die fertigen Drucksorten durchzuschauen – sie musste grinsen über den Zusatz »Some scenes suggest nudity«, der sich neckisch über das Sujet zog, ein Paar katzenhaft-menschlicher Frauenaugen –, als Mike an ihre Seite trat und mit einem Glucksen in der Stimme sagte, sie solle einmal einen Blick auf die Straße werfen. Die Tiwald schaute durch das Schaufenster, durch einen Spalt zwischen den frisch aufgehängten Plakaten.

Draußen stand eine Dame, die aussah wie die Freiheitsstatue, nur auf muslimisch. Sie hatte ein Schild auf einen Besenstiel geklebt, auf dem »Dahaam im Islam« stand.

»Ui«, sagte die Tiwald, »was wird das jetzt?«

»Moment, ich kenn die«, sagte der Urbanek, der von einer Leiter geklettert kam, »das ist die Bernadette Mihalits. Die taucht hie und da bei den Bezirkstreffen von den Grünen auf und tut sich mit besonders viel Verve und Politkorrektheit und Weltrettertum hervor. Die ist zirka so muslimisch wie ich chinesisch. Was weiß ich, was die da will.«

»Ich glaub, ich rauf mir mein langes Bobohaar«, murmelte Mike. »Bitte, könnt ihr das übernehmen? Ich steh das grad nicht durch. Ich muss mit Fatima üben, wie man durchdreht. Das ist eigentlich schon genug für heute.«

Der Urbanek und die Tiwald traten also auf den Gehsteig, kamen Aug in Auge mit der Mihalits zu stehen, sagten Hallo und schauten fragend, während die Mihalits stolz »Ich« schnaubte und dann, nach einem Zug Schnappatmung, »protestier' hiermit mit Kopftuch vor dem *Universum*.«

»Mit *mit*?«, sagte die Tiwald in diesem Tonfall, der klang, als ob sie eigentlich nichts meinte. Mit diesem Fixierblick. »Hiermit *mit*? Können Sie auch drei *Mit* hintereinander?«

»Ich habe keine Ahnung, wovon Sie wieder gscheit reden, aber hier besteht höchster Protestbedarf!«, fauchte die Mihalits.

Die Tiwald kannte sich nicht aus, der Urbanek auch nicht. Die Mihalits erklärte mit gepresster Stimme, dass es höchst verwerflich sei, eine muslimische Schauspielerin auf der Bühne zum Ablegen des Kopftuchs zu zwingen. »Aber …«, sagte die Tiwald, »aber die Fatima …«, sagte der Urbanek; »nix da!«, pfauchte die Mihalits, »das ist wieder so eine kolonistische Attitüde, die Sie der armen Frau überstülpen!«

»Darf ich Ihnen ein Glas Leitungswasser anbieten?«, fragte die Tiwald. »Es is ja ein bissl sehr heiß heute. Das Kopftuch aber auch.«

»Ich brauch eh eine Pause«, sagte drinnen Alfred, als er hörte, dass eine ziemlich Irre auf der Straße stand, und kletterte von der Leiter. »Man soll die Leute ja nie aufgeben.«

Während Mike mit Fatima übte, wie man als Frau in einer Männerwelt durchdreht, predigte der Urbanek auf dem Gehsteig die Geschichte von Frauen, die in strengeren Ländern in grobe Konflikte mit den lokalen Ordnungshütern kamen, weil sie sich weigerten, ein Kopftuch zu tragen. Zwischendurch erinnerte sich die Tiwald an das Wasserglas, das sie als Zeichen des Goodwill und des Schmähs versprochen hatte, und brachte es hinaus.

»Passen eigentlich die kurzen Ärmel zur Idee von Kopftuch?«, erkundigte sic sich, als der nackte Unterarm der Mihalits sich, nach einer bockigen Nachdenkpause, doch nach dem Glas ausstreckte. Der Arm wurde wieder eingeholt in die sichere Nähe des Protestkörpers.

»Kathi«, sagte der Urbanek, »ich bin mir nicht sicher, ob wir da weiterkommen.«

»Es geht ja nicht um die Unterarme«, zischte die Kopftuchträgerin, »sondern ums Kopftuchprinzip.«

»Mhm.«

»Na, würden Sie was tun müssen wollen, wo Sie sich sicher sind, es ist haram und Sie kommen in die Hölle dafür?«

»Die Hölle, auch Sheol genannt, zeugt in ihrer variablen Geschichte samt Überlieferung von der kollektiven Vorstellungskraft, die das Böse an einen mit Kennzeichen tatsächlicher Landschaft ausgezeichneten Ort verbannt, wohingegen ich dafür plädieren würde, dass das Böse durchaus ätherische Qualitäten hat, ergo viel gefährlicher ist als ein Böses, das potenziell geografisch wegsperrbar ist«, parlierte die Tiwald, als redete sie jeden Tag solche Sachen.

Die Mihalits verengte ihre Augen zu knopflochgroßen Schlitzen: »Ihr ... ihr ... ihr ihr Geisteswissenschaftlerinnen und Geisteswissenschaftler redets immer so geschwollen daher, kein Wunder, dass die Leute in Scharen Blau wählen, die reden wenigstens Tacheles!« – Sprach's und fuchtelte mit dem Plakat.

»Tacheles reden die Blauen ...«, lachte der Urbanek; »jaja«, murmelte die Tiwald, der man leicht ein schlechtes Gewissen einjagen konnte, »ich glaub auch, dass ich zur Elite des Landes gehöre als NMS-Lehrerin, die halt Bücher liest.«

»Sie müssten eigentlich als Grüne«, wandte sich der Urbanek an die Demo-Muslimin, »Sie müssten eigentlich ein Herz haben für Leute, die sich unverständlich ausdrücken!«

Die Mihalits reckte sich und hielt sich an ihrer Plakatstange fest, um ordentlich zetern zu können: »Also bitte! Dann drück ich mich jetzt verständlich aus! Sie zerren da eine muslimische Mitbürgerin auf die Bühne und lassen sie sich halbnackt ausziehen. Fragen Sie sich eigentlich, ob die muslimische Gemeinschaft der Kulturschickeria als Fraß vorgeworfen werden will?«

»*Kulturschickeria*«, sagte die Tiwald und knetete sich die Brauen, und die Mihalits stemmte die Fäuste in die Hüfte: »Genau! Eine völlig abgehobene Kulturschickeria, die sich einen Dreck darum schert, was der freie Wille von eingewanderten Frauen ihnen ... also ... also der freie Wille der Migrantinnen!«

»Was denkst du«, drehte sich die Tiwald zum Urbanek, »würd's was helfen, wenn man die Dame zu einer Probe einlädt? Oder ihr gar eine Premierenkarte gibt?«

»Wie Sie da *Dame* sagen, da würd ich Sie am liebsten anzeigen dafür«, zischte die Mihalits und versuchte, den Stecken ihres Plakats durch den Asphalt zu rammen, »und Ihner Scheißstück können Sie sich selbst anschauen!«

»So, wir machen jetzt Folgendes«, sagte der Urbanek, »nachdem ein Theaterstück immer mit sehr, sehr viel Arbeit verbunden ist, werden wir alles daransetzen, dass das Stück, das wir uns mit größtem Vergnügen selbst anschauen werden, auch alle unsere Aufmerksamkeit in den Proben bekommt. Danke, es war uns ein Volksfest.«

Er nahm die Tiwald am Ellbogen und zog sie in Richtung *Universum*, als die Mihalits sich nicht entblödete, laut »Allahu akbar!« zu rufen, was nicht nur zur Folge hatte, dass oben ein Fenster aufging und eine zitternde Stimme »I ruf die Polizei, Sie Vabrecharin!« kreischte, sondern auch darin endete, dass sich der Inhalt eines Topfs, in dem eigentlich etwas gekocht hätte werden sollen, aus dem zweiten Stock heraus auf die Mihalits ergoss – »zielsicher«, murmelte die Tiwald –, und man die Mihalits daraufhin im *Universum* beherbergen musste, bis die Rettung kam.

»Wollen S' nicht das Kopftuch runtertun?«, fragte die Tiwald versöhnlich, als die Sanitäter sich an Mihalitss verbranntem Unterarm und der Wange zu schaffen machten. Die reckte das Kinn und gab von sich, dass es ohne Kopftuch noch viel schlimmer ausgegangen wäre, diese Attacke einer verwirrten Seele, die das Gute in sich verloren habe. Die zwei Sanitäter, die neben der Mihalits knieten wie damals die Jünger beim Kreuz, schauten einander mit hochgezogenen Augenbrauen an.

»Wir proben hier übrigens ein Theaterstück«, sagte der Urbanek und gab den beiden Flyer mit.

»Hm«, sagte der eine, »schaut ja ganz interessant aus. Hoffentlich a bissl ungefährlicher dann bei den echten Aufführungen?«

»Allahu akbar«, murmelte die Mihalits, bevor sie die Tür aufstieß.

XXII PREMIERE

Alfred hatte viermal routiniert das Wetter am Handy gecheckt. »Der macht das immer«, sagte die Tiwald, die sich ihr Haar zu einer nestartigen Konstruktion hatte aufstecken lassen, erklärend zu Mike, »das hat er vom Bauernhof. Weil spätestens im Juni das Heu gemacht werden muss. Er hat eine Nase dafür, sagt er. Was Regen und Sonne betrifft.«

»Es wird nicht regnen«, verkündete Alfred, »das Handy sagt Ja, ich sag Nein« – »Es sticht«, trug die Tiwald bei, »und ich bin nervös und ich will jetzt was essen. Am liebsten Sushi. Meinetwegen auch aus einer Plastikbox.«

Mike schaute, die Hände hinter dem Rücken verschränkt, nach oben, hinein ins Sattblau des Wiener Himmels, auf dem eine kleine, dunkle Wolke nach Westen segelte, und sagte gar nichts. Er fühlte sich seltsam aufgehoben in diesem Wetter, auf diesem Gehsteig, in der klaren Luft, dem warmen Licht; alles war getan, alles erprobt, beworben, durchgestanden, die Nichte der grünen Bezirksrätin würde in Bälde ihren Platz an der Kassa beziehen, und wenn ein Platzregen den ersten Auftritt der Hexen draußen auf dem Gehsteig begleiten würde, wär ihm das auch gleich, und milde lächelnd hörte er sich die Sorgen der Tiwald an, die meinte, das könne man dem Publikum nicht antun, patschnass im *Universum* sitzen.

Sie teilten sich eine riesige Sushibox, der Urbanek bekam auch was davon, und Alfred aß die Gurkenmakis. Die Nichte schlichtete die vorbestellten Tickets; Carola Erler zauberte Tony Wegas, der King Trump spielte, seine Spaghettitopffrisur, puderte des Mitterlehners Nase und nahm sich dann Fatima vor. Der Mitterlehner studierte sein Spiegelbild mit schmalen Augen und sagte dann, dass ihm das schon abgegangen sei. Die Tiwald, die hinter ihm vorbeiging, schaute auch in den Spiegel und zitierte: »Irgendwer muss die Arbeit machen in diesem Land« – sie traute sich nicht, ihm auf die Schulter zu klopfen –, und der Mitterlehner lächelte so schmal, wie er vorher geschaut hatte.

»Es wird regnen«, sagte Mike, »ich weiß es!«

Alfred kaute auf seinen Daumennagelbetten und schwieg, während er in den Himmel starrte; der Urbanek band sich eine Krawatte um.

Als die ersten BesucherInnen kamen, rumpelte der erste Donner über den Dächern. »Das will noch nix heißen«, meinte der Urbanek, ein bisschen geistesabwesend, weil er Hände schütteln musste.

Das Publikum war angewiesen, sich nach Sitzplatzbesetzung und Jackendeponierung und letzten Klobesuchen wieder nach draußen zu begeben – die »Berformäns«, wie die Bezirkschefin, die im roten Kostüm aufgetreten war, sagte, würde draußen starten.

Tante Betti kam, legte Hut und Handtasche ab, grinste und spuckte Mike dreimal über die Schulter.

Özlem kam, knurrte: »Jetzt hast du auch noch über mich geschrieben, du elende Tintifaxin«, und die Tiwald schnurrte entschuldigend: »Sei nicht bös, du essigsaures Gurkerl. Du gehörst halt einfach dazu.«

Die Hirschal busselte Mike links und links. Sogar die Mihalits erschien, schmollend und angetan in einem Sari und mit einem roten Punkt auf der Stirn.

Rundherum strömten Menschen herbei, auch ein Mann mit blauen Flügeln auf einem weißen Käppi und einem T-Shirt, das irgendwie nach Uniform aussah. »Michael Knutkovsky? Michael

Knutkovsky?«, fragte er sich durch, fragte den Urbanek, der so offiziell aussah, fragte Alfred, der formvollendet ohne Krawatte dastand, aber mit Sommersakko, Gilet und schwarzen Jeans; alle drehten die Köpfe hin und her und orteten Mike, der mit Tante Betti Nettigkeiten austauschte. »Michael Knutkovsky?«, fragte der Mann mit den blauen Flügeln, »ich hab hier ein Packerl für Sie.«

»Für mich?«, fragte Mike verwirrt und unterschrieb mit einem Pseudostift auf einem elektronischen Kästchen. Der Bote händigte das Paket aus, sagte: »Viel Spaß« und verschwand aus der Menge.

»Das ist aber lieb«, sagte die Tiwald, die sich herbeigedrängt hatte.

Mike drückte das Paket, ein ziemlich voluminöses Ding, an seinen Brustkorb, plötzlich nervös.

»Mach auf! Wir sind neugierig«, drängte die Tiwald weiter.

»Ich weiß nicht«, hauchte Mike, sagte: »Warte« und verschwand im Bühneneingang.

Die Eltern der Tiwald kamen jetzt, lächelten und hatten auch die Brüder und deren Freundinnen mitgebracht. »Die werden Augen machen«, sagte die Tiwald zu Alfred, aber da war Mike schon wieder da. »Mike. Mike?«

Da stand er und hatte eine Nerzjacke an. »Eine Nerzjacke …«, sagte er tonlos mitten in der Menschenbrandung, »eine Nerzjacke, ich fass es nicht. Die schickt mir eine Nerzjacke. Das Arschloch schickt mir eine Nerzjacke.« – »Mike?«, fragte die Tiwald verstört, er hatte Tränen in den Augen: »Sabine hat mir eine Nerzjacke geschickt, das Aas, und eine Karte. Sie wünscht uns viel Glück. Viel Glück.«

»Aber was …«

»Gar nix. *Das war's. Eine schöne Zeit. Entschuldige bitte. Viel Glück.* Eine Nerzjacke.«

Dann sagte er noch einmal: »Eine Nerzjacke«, schaute in den Himmel, über den ein Donner rollte, ein Blitz zuckte, draußen hatte sich das Publikum versammelt. »Nicht einmal eine Kapuze hat das Ding«, grummelte Mike, während der Urbanek alle eloquent und freundlich begrüßte und die ersten Regentropfen wie kleine Geschoße herabfielen.

»Scheiße«, flüsterte Alfred so, dass keiner es hören konnte, aber da traten schon die Hexen auf. Tante Betti, die Bezirksvorsteherin und die Nichte, die jetzt einen weißen Kampfhosenanzug und eine weizenblonde Perücke trug, und sie sangen und sie säuselten und der Regen platschte da und dort:

Wann begegnen wir uns wieder?
Beim Singen von Burschenschaftsliedern?
Beim Ausriss von Backenzahnkronen?
Beim Gekürztwerden unserer Löhne?
Beim Sitzenbleiben der Klassen?
Beim Kneten von Plastikmüllmassen?
Nein, treffen wir uns am election day …
der Regen platschte und patschte und es donnerte und hinten spannten sie schon die Regenschirme auf und

wir treffen uns am election day,
wir sprengen Börse und Handelskai,
wir budern die Urnen und denken Sieg Heil,
wir voten für Stürmer und denken anal,
der Demokratie, dieser öden und blöden,
den Politikern, diesen Deppen, den schnöden,
dem allen verpassen wir heut einen Tritt,
und uns selbst verpassen wir gleich einen mit!
Hail Macbeth! Hail Trump! Hail Shorty! Salve, Salvini!

So gscheit, so super, so extrastark bin i!
Meine Stimme habts ihr, hurra!

Und sie kicherten und sie lachten und hielten sich die Bäuche, die Bezirksvorsteherin den roten, die Nichte den weißen, Tante Betti den schwarzen, und die Leute drängten sich unter den Schirmen zusammen, sie zitterten, weil ein Kälteschauer durch die Straße fuhr, ein Blitz sprengte den Himmel, und alles folgte den Hexen hinein in die ehemalige Eisenwarenhandlung, die jetzt das *Universum* war.

Drinnen stand der Mitterlehner als König Duncan, ausgestattet mit einer Mini-Erntedankkrone und einem Mantel, den die Nichte aus lauter roten Absperrbändern zusammengenäht hatte, und ließ sich von einem »bloody man«, der gerade aus einer Schlacht gekommen war und lauter Schrammen an den Armen und einen gelben Bauarbeiterhelm auf dem Kopf hatte, von diesem Wundermann berichten, von Macbeth, der sich in die Schlacht gegen das Establishment geworfen habe, gegen die Drecksäcke und die Lügenmedien und CNN und ORF und gegen die Vergewaltiger, die über das Meer und durch die Wüste kamen. »Und dann«, sagte der bloody man, »hat er sie erwischt und gesagt: ›You're fired!‹«

»Hm«, sagte Duncan-Mitterlehner,
»*bringt mir dies Wunder von Wuzzi,*
lasst seh'n dies furchtlos Großmaul!«

Auftritt: Tony mit Spaghettitopffrisur und dem schwarzen Anzug, den Carola Erler beim Flohmarkt in der Volksoper entdeckt hatte (die Tiwald freute sich über die ersten Lacher, und Mike, der sich in den Nerz hüllte wie ein Olympialetzter heimlich in die Flagge, freute sich, als er entdeckte, dass Svetlana und Joy sich an den Händen hielten),

Die drei Hexen schlängelten sich von hinten durch das Publikum und schoben sich zwischen den Menschen in das Blickfeld von Tony-Trump. »Uah!«, machte der, und das Shakespeare-Zitat aus dieser Stelle in Macbeth war zu schön, als dass die Tiwald es hätte streichen wollen – »*Ich glaub mal, dass ihr Frauen seid, obwohl mir eure Bärte verbieten, das zu glauben!*« –, da bleckte die Bezirksvorsteherin keckernd die Zähne, die auch mit kleinen Pelzperücken beklebt waren, und die Leute in den vorderen Reihen, die Metaphern schnell entschlüsselten, kicherten.

Die Hexen weissagten Tony-Trump, der einen dicken, kleinen Sancho-Pansa-haften Gefährten mit einer ungewaschenen Perücke auf dem Kopf dabeihatte, dass er der nächste König würde:

Und du, Bannon Stevie,
sagten sie,
du selbst wirst nicht, die deinen aber
werden herrschen, aus deinem Geist
rasierschaumneu geboren,
Glatzköpf, reinkarniert, alt-right,
neu-right! Der Trumpel da,
jedoch zufürderst wird erst
cream of the crop und King,
mit Pomp und Glorie, mit Blingbling,
der Pompfüneberer von taste
will lay dies euer Land to waste,
der Westen will get wasted on
dies Trump, der best, das
game ist on.

Die Brüder Tiwald nickten anerkennend, während das Wetter draußen die Stadt zu seinem Waschbrett machte.

Schlag auf Schlag und zack auf zack.

Duncan-Mitterlehner ließ sich Tony-Trump vorführen, bat ihn »You're fired!« zu sagen.

Ich wollt, ein Schein von dieser Coolness spräng'
obwohl ich's grauslich find, auf mich hinüber!
und ließ sich in den Trump-Tower einladen.

Lichtwechsel, und während drinnen Lichtkegel im Nu einen Turm entstehen ließen, knatterten draußen Blitze und Donner los, und Fatima lag da und rekelte sich auf einem Kussmundsofa, die Hände am Körper, die Knöchel übereinandergelegt.

Auf der weißen Wand rann Alfreds Projektion, Goldschlangen in 3D.

»*Die Hexen haben angerufen*«,
sprach Fatima und gähnte manieriert,
»*sie sagen, du wirst King, und ich sag:*
interessant.«
Tony-Trump rannte aufgeregt hin und her und rief stets:
»*Ich bin der Größte! Beste! Allergrößt!*
Simply the best! Better than all the rest!
Und was ich noch erwähn', is
ich hab von allen Leut den größten …«

»*Die Köchin wird was kochen*«,
warf Fatima ein,
»*wenn Duncan kommt. Steak oder was.*
Esst, was ihr wollt, ich ess ja nix,
nur nachher will ich mit aufs Foto.
Ich zieh mir gern die Mörderschuhe
an, wenn's sein muss, die du

so gern siehst an Frauenfüßen,
Hasi.«

Als Tony-Trump ihr darlegte, dass Duncan zu killen sei, und mit ihm das Alte, das System, die Eliten eben, gingen die Lichter aus, und nur das fahle Licht einer LED-Taschenlampe, das aussah wie nasses Seidenpapier, erhellte die beiden Gesichter.

»*Tu, was du willst, ich halt dir dann*
die Rede, die ihr schreibt für mich«,
sagte Fatima und zuckte mit den schmalen Schultern.

»Stromausfall!« – fast hätte Mike auf seinen Einsatz vergessen –, »tut uns leid, Stromausfall! Bitte, sehr geehrtes Publikum, greifen Sie unter Ihren Sitz, dort finden Sie gleich an der Sitzkante eine Taschenlampe. Bitte lösen Sie den Klettverschluss und nehmen Sie die Taschenlampe jetzt in Betrieb!«

Gemurmel, das Zapp-zapp-zapp der Bänder, das Rattattata des Gewitters, Donnern, Getöse, die Taschenlampen gingen an, eine nach der anderen, weiße Punkte irrlichterten über die Bühne und zeichneten eine Gestalt ab, die da lag: Der neugierige Duncan-Mitterlehner, der gekommen war, um sich den Tower anzuschauen. Auf dem roten Plastikkönigsmantel auf der »Leiche« Duncan-Mitterlehners (er konnte leider nicht völlig still liegen, man sah ihn atmen, aber welcher Schauspieler kann das schon?) prangte ein Stempel. »Bewegung« stand da – das Wort flog als Gemurmel von den ersten Reihen weiter nach hinten. Dann fuhr sich der Kreis eines Scheinwerfers auf das Gesicht des toten Königs ein: Er war mit einer Slim-fit-Anzugjacke erdrosselt worden. Als die Windmaschine anging, flogen überall die roten Achtung!-Schleifen umher, die seinen Mantel ausgemacht hatten, und Fatima stolzierte in höchsthackigen Schuhen auf und ab, zog an einer Fake-Zigarette und sagte:

»Was ist jetzt
mit dem Foto?«

Ein Blitzlichtgewitter ging los, und Smartphonehüllen an Schnüren schwebten herab, während die letzten Besucher ihre Taschenlampen ausschalteten. Sie lachten über die Szene mit dem Portier, der die Vor- und Nachteile des Besoffenseins erläuterte; sie zitterten, als es lange finster war, und die zwei Reporter durch den Raum tappten und vom Käuzchen sprachen, vom grusligen Aufleuchten eines Standby-Signals und dem Aufsurren von Alexa, die sich einschaltete, dem Aufklappen eines Webkamera-Auges.

»Das Weltenaug, in jedem Smartphone steckt's,
sieht in der Besenreinheit seiner Algorithmen
jeden move. Mir, Freund, fehlt fürs life in dieser
Totenwelt der Groove.«

Mittels Pressekonferenz machte sich Tony-Trump zum König, und bald musste auch der Bannon-Stevie dran glauben, hatte allerdings noch einen Auftritt als Hologrammgespenst.

Inzwischen half Carola Erler dem Mitterlehner, sich hinter der Bühne von Plastikstreifen und Slimfit-Jacke zu befreien, und nahm leise den Fatsuit vom Haken.

Fatima hatte ein bisschen Zeit zum Verschnaufen, während die Reporter ihre Tuschel-Szenen hatten, ihre Verschwörung gegen den neuen Trump-König, die Vorbereitung der Schlacht.

Die Nichte, Tante Betti und die Bezirksvorsteherin wirbelten wieder durch den Raum, um dem Trump-König den Schreck seines Lebens zu verpassen. Der glaubte zwar irgendwie daran, dass Hochtechnologie sogar Tote zu Hologrammen machen konnte, war aber trotzdem ein bisschen nervös geworden und brüllte herum, das sei alles fake news, was die Hexen ihm da erzählten.

»*Losers!*«, schnaubte er, und

»*terrible, terrible liars!*«

Die Hexen kicherten und weissagten schwurbelnd, dass Tony-Trump sich nur davor fürchten müsse, dass der Klimawandel komme, und rauschten ab.

»*Klimawandel? Never! Fake news!*«

Als dann aber die Horden der Journalisten und der ausgegriffenen Frauen und der abgelegten AmtsträgerInnen auf Mar-a-Lago vorrückten, und Tony-Trump

»*keep your shit together!*«

kreischte und glaubte, dass das mit diesem Klimawandel niemals was werden würde, es ewig so weitergehen würde, als Tony-Trump mit seiner Spaghettitopffrisur headbangte, da währte nichts mehr lang. Weil nämlich – was hatten die Hexen geweissagt? – nach Fatimas Fatsuit-Rede und Tony-Trumps heulender Feststellung, dass das Leben wie ein schwankender Börsenbericht sei, kleine Bäche von Gewitterwasser draußen über die Gehsteige wirbelten, und der Klimawandel in Form eines Tsunamis kam.

Am Schluss hatten die Frauen, die der Tony-Trump an der Muschi gepackt hatte, Oberwasser und Fatima das Schlusswort:

»*Endlich, Freunde, ist der Tyrant gone,*
macht mich froh, esst mit mir einen Scone.«

Tosend klatschten Publikum und Gewitter, und Fatimas kleiner Sohn kam auf die Bühne gerannt, um seiner Mama, die sich den Kleinen an den Fatsuit quetschte, einen Strauß Rosen zu überreichen. Die Tiwald dachte beim Verbeugen auch ein bisschen an ihren Großvater und an Ferdinand Raimund, und die Bezirksvorsteherin, die sich die Haare noch nicht von den Zähnen gepult hatte, und bedankte sich – plötzlich brauchte sie ein Mikrofon –

beim Herrn Knutkovsky, der eine Bereicherung für den Bezirk sei, der sich dieses *Universums* angenommen habe, das hier quasi im Herzen von Wien liege, überhaupt dieser herrliche Bezirk, die herrlichen Menschen, danke, danke, und Mike hüllte sich in seinen Nerz und verbeugte sich wie ein General nach einer Schlacht, also eigentlich fast gar nicht.

Im fröhlichen Kochtopf, der eine Premierenparty immer war, im Surren und Murren, im Klappern und Ruckeln und Lachen, trat eine farblose Figur an Mike heran, die Tiwald bemerkte es trotz tiefer Blicke in Alfreds Augen beim Anstoßen genau, eine Figur, die sie nicht erkannte, jemand, der aussah, als ginge er beim Tod in die Lehre, und die beiden Männer verschwanden in Richtung Garderobe, wo auch niemand mehr war, weil Fatima, Mitterlehner, die Hexen und überhaupt alle schon plaudernd und abgeschminkt im Raum verteilt standen.

»Und?«, drängte die Tiwald, als Mike wieder aus der Garderobe aufgetaucht war. Der wiederum hielt Carola Erler auf, die gerade durch den Raum schwebte, hielt ihr den Nerz hin und sagte: »Willst du ihn haben? Ich schenk ihn dir.« Er ließ sich begeistert abbusseln und erzählte der Tiwald dann: »Das wirst du nicht glauben. Das ist surrealer als Dalí auf Drogen. Das war einer der, wie heißt das bei Macbeth? – einer der Minions. Ich hab den Namen schon wieder vergessen. Kanzler Bubi schicke die besten Grüße, hat er gesagt. Kanzler Bubi sei mir dankbar für das gute Aushalten der Sabine. Er sei mir außerdem dankbar für die vielen Gespräche mit der Sabine, weil diese ihm nach ihrer Wiedervereinigung unter Tränen der Rührung alles berichtet hat, was ich ihr Lustiges aus dem Wahlkampf erzählte. Insbesondere sei er mir dankbar für, und ich zitiere wörtlich, ›Alles über euren Goldblatt‹. Der Minion hat dabei so bescheuert gegrinst, dass ich ihm nicht nur eine, wie nennt ihr das hier?, schmieren *wollte*. Ich *hab* ihm auch eine geschmiert.«

»Aber Herr Kollege!«

»Einmal. Und nie wieder.«

Der Urbanek stieß dazu, Alfred zog Mike in eine Männerumarmung, Isa hatte Fatima in ein Gespräch verwickelt, Fatimas Sohn aß unter dem Buffettisch ein Kuchenstück, Tante Betti flirtete mit einem der Brüder, der andere Bruder studierte das Steuerungsprogramm, das Projektionen, Lichtprogramm und Musik koordiniert abspielen konnte, die Bezirksvorsteherin entkorkte Rotweinflaschen und prostete dem Mitterlehner zu, der der Tiwald beim Verabschieden erzählte, es werde übrigens bald ein Buch von ihm herauskommen.

»Ah ja? Haben Sie Blut geleckt?«

»Ich leck niemals Blut«, sagte der Mitterlehner würdevoll und ging.

Die Premierenfeier dauerte noch, dauerte noch bis in die frühen Morgenstunden, bis sich der Himmel über Wien wieder zart lila färbte.

XXIII UND DANN

»Du weißt schon, dass das ein extrem kurzlebiges Stück sein wird?«, sagte Mike zu der Tiwald, die gerade im Augenblick schwelgte und im Wissen, dass man im Augenblick schwelgen muss, weil sonst alles nichts ist. Sie sagte glücklich: »Ich weiß«, und Mike, der seine erschütterten Grundfeste noch nicht wiedererrichtet hatte, bohrte nach: »Und in fünf Jahren werden die kleinen Kinderlein, die in deiner Klasse sitzen, fragen: Tramp wer? Nie gehört, wer soll das sein?, und du wirst sagen: Schlagt mal das Buch auf Seite hundertsechsundvierzig auf. Dieser seltsame Mann war einmal Präsident der USA, die einmal die führende Macht der sogenannten freien Welt waren. Und du wirst denken: Ja, wir sind in einer Welt gelandet, in der Wissen uncool geworden ist, und du wirst dich glücklich schätzen können, wenn du dich davon abhältst, schon im Lauf des Vormittags ein Gläschen ...«

»Wart mal«, sagte die Tiwald und musste lächeln. »Ich steh gerade am Gang meiner Schule und tippe dieses Kapitel. Gerade eben fragt mich Patrik, (›ohne C, Frau Tiwald, ohne C, passiert den Besten von uns!‹), was ich da schreibe, er missversteht mich, er glaubt, ich sage ›Brief‹ und fragt: ›An die Bundesregierung?‹, und ich sage: ›Nein, ein Buch‹, er fragt mich, wie es heißen wird, ich sage: ›Macbeth Melania‹, und er fragt mich: ›Was heißt das?‹ Ich erkläre: ›Macbeth ist ... was hab ich dir gerade erklärt, als du mich gefragt hast?‹ ›Macbeth ist ein Theaterstück‹, sagt Patrik – ›Von ...?‹, tease ich, und er sagt: ›William Shakespeare, und Melania ist die Frau von Trump.‹ Siehst du? Ich muss kein Achterl Wein am

Vormittag trinken, weil meine Schüler nämlich super sind. Und Patrik hat diese Zeilen mitgeschrieben und muss jetzt lachen.«

Dann drehte sich die Tiwald zum Publikum, sagte: »Dieser Inhalt wird sich von selbst zerstören« und musste auch lachen, diabolisch und herzlich.

Gedruckt mit freundlicher Unterstützung durch

WIEN KULTUR

Kulturland Burgenland

KULTUR NIEDERÖSTERREICH

Umschlag: Boutique Brutal, www.boutiquebrutal.com
Druck und Bindung: finidr.cz
© Milena Verlag 2020
A–1080 Wien, Wickenburggasse 21/1–2
ALLE RECHTE VORBEHALTEN
www.milena-verlag.at
ISBN 978-3-903184-48-0

Weitere Titel und unser Gesamtverzeichnis
finden Sie auf www.milena-verlag.at